사랑하는 ____________ 님께

머리와 입으로 하는 사랑에는 향기가 없습니다.

진정한 사랑은 이해, 관용, 포용, 동화,

자기 낮춤이 선행됩니다.

고맙습니다. 서로 사랑하세요.

김수환(1922~2009)

김수환 추기경의
사랑

북오션은 책에 관한 아이디어와 원고를 설레는 마음으로 기다리고 있습니다. 책으로 만들고 싶은 아이디어가 있으신 분은 이메일(bookrose@naver.com)로 간단한 개요와 취지, 연락처 등을 보내주세요. 머뭇거리지 말고 문을 두드리세요. 길이 열릴 것입니다.

김수환 추기경의
사랑

초판 1쇄 인쇄 | 2014년 2월 24일
초판 1쇄 발행 | 2014년 3월 5일

엮은이 | 엄광용
펴낸이 | **박영욱**
펴낸곳 | 북오션

경영총괄 | 정희숙
편집 | 이준호 · 지태진 · 김은선
마케팅 | 최석진 · 김태훈
표지 및 본문 디자인 | 서정희
법률자문 | 법무법인 광평 대표 변호사 안성용

주 소 | 서울시 마포구 월드컵로 14길 62
이메일 | bookrose@naver.com
페이스북 | bookocean
전 화 | 편집문의 : 02-325-9172 영업문의 : 02-322-6709
팩 스 | 02-3143-3964

출판신고번호 | 제313-2007-000197호

ISBN 978-89-6799-038-1 (03810)

*이 도서의 국립중앙도서관 출판시도서목록(CIP)은 e-CIP홈페이지(http://www.nl.go.kr/ecip)와 국가자료공동목록시스템(http://www.nl.go.kr/kolisnet)에서 이용하실 수 있습니다.
(CIP제어번호 : CIP2014002278)

엄광용 엮음

김수환 추기경의 사랑

북오션

엮은이의 글

지금 이 순간, 우리에게 필요한 건 사랑입니다

_ 고 김수환 추기경 선종 5주년을 즈음하여

이미 먼 곳으로 떠나버렸지만 마음속에서는 차마 떠나보내지 못하는 사람이 있습니다. 누구나 그런 사람이 한둘쯤은 있는 법입니다. 대개는 부모 형제 같은 가족 혹은 피붙이처럼 가까웠던 친구일 겁니다. 하지만 이렇게 개인들의 사적인 그리움의 울타리를 넘어 누구나 존경하고 그리워하는 성자 같은 큰 어른도 있습니다. 고(故) 김수환 추기경은 바로 그런 분이었습니다. 올해로 그분이 우리 곁을 떠나신 지도 5년이 되었습니다.

우리가 떠난 이를 그리워하는 데는 여러 가지 이유가 있겠지만, 지금 이 순간의 삶이 힘들어서, 앞날이 너무나 두려워서 혹은 그이와 함께한 꽃 같았던 지난 시절이 사무치게 그리워서일 수도 있습니다. 하지만 그 모든 것보다 가장 큰 이유는 그가 남기고 간 '사랑'일 것입니다. 떠나간 그이를 너무나 사랑했기에, 또 지금 이 순간도 너무나 사랑하기에 그리워하는 것일 테지요.

'사랑'에는 그 자체의 아우라가 있습니다. 누군가를 사랑할 때 그 대상도 나 자신도 '사랑 그 자체'가 됩니다. 너와 나의 관계 속에서 사랑의 아우라는 무지개처럼 점점 퍼져나가 삶을 온통 사랑으로 물들입니다. 예수그리스도가 우리 인간과의 관계 속에서 맺은 사랑이 그러했고, 김수환 추기경이 생전에 우리와 함께 맺은 사랑이 그러했습니다. 그리고 그 사랑은 그분이 우리 곁에 존재하지 않는 지금도 끊임없이 퍼져나가고 있습니다. 아니, 좀 더 정확히 말하자면 그분이 '사랑 그 자체'로서 늘 우리 곁에 함께 있는 것일 테지요.

프랑스의 시인 아라공은 이렇게 말했습니다. “인생에서 내가 배운 것은 오직 하나, 곧 사랑하는 것이다.” 이에 김수환 추기경은 또 이렇게 덧붙였습니다. “인생에서 제일 중요하고 제일 값지고 삶을 풍부하게 해주고 구원해주는 것이 있다면 그것은 사랑이다. 사랑이 없으면 삶은 결국 빈껍데기다.”

고 김수환 추기경 선종 5주년을 맞으면서 문득 그런 생각이 들었습니다. 지금 온 세상을 둘러싼 끊임없는 갈등, 반목, 슬픔, 아픔은 다 사랑의 부재에서 오는 것 아닐까 하는 생각. 사랑 없는 빈껍데기를 붙들고 우리는 그렇게 싸우고 있는 것인지도 모릅니다. 불현듯 그분의 사랑이 그립고 크게 다가옵니다.

이 책은 그분이 세상에 내놓으신 사랑의 언어를 한데 묶은

것입니다. 가족에 대한 사랑, 이웃에 대한 사랑, 인간에 대한 사랑, 하느님에 대한 사랑을 담은 절절한 언어들입니다. 아무쪼록 이 말들을 통해 모두가 사랑하는 사람이 되기를, 더 나아가 사랑 그 자체가 되기를 간절히 기원합니다.

여는 글

하느님의 사랑

모든 노래를 다 부른 후에
이제는 부를 노래도 없습니다.
하늘의 아름다움
땅의 아름다움
예술이 다 그리고
시가 다 읊은 후에
이제는 더 그릴 것도 읊을 것도 없습니다.
허나
슬픔만은 아직도 남아 있습니다.
부르고 또 불러도
남은 것은 슬픔인가 봅니다.

하느님의 사랑

하느님이 나를 사랑하신다.
누가 나를 사랑한다 해도 이보다
더 귀한 것 없다.
하지만 믿음이 약한 탓인가
하느님의 사랑 앞에
나는 깨어진 질그릇 같다.
하느님에게 겸손되이 의탁하는 것밖에
도리가 없다.

〈사랑〉, 1977

차례

엮은이의 글 지금 이 순간, 우리에게 필요한 건 사랑입니다 4

여는 글 하느님의 사랑 8

1장 | 사랑이 없으면 삶은 빈껍데기

사랑해야 하는 이유 • 16 | 사랑 안에 하나 되어 • 18 | 끝까지 지켜야 할 가치 • 20 | 진정한 자기애 • 21 | 자기희생이 없는 사랑은 없습니다 • 23 | 사랑의 사람 되자 • 24 | 사랑이 없으면 삶은 빈껍데기 • 27 | 사랑은 모든 계명의 완성입니다 • 28 | 죽음보다 더 강한 사랑 • 30 | 보잘것없는 형제 • 32 | 인간의 존엄성과 자유 • 34 | 사랑의 빛 속에서 • 36 | 이웃 사랑이 곧 예수를 사랑하는 것 • 38 | 정의를 거스르는 것은 바로 사랑을 거스르는 것입니다 • 40 | 심판의 기준 • 43 | 나를 비우는 일 • 45 | 가장 반기시는 제물은 사랑 • 46 | 사랑은 삶의 진수입니다 • 47 | 사랑은 기적보다 강하다 • 49

2장 | 사랑하지 않으면 인간이 아닙니다

하느님께서 가장 사랑하시는 것 • 54 | 참사랑의 힘 • 55 | 사랑할 수 있는 능력은 가장 큰 은사 • 57 | 남을 사랑할 줄 아는 사람 • 60 | 사랑하지 않으면 인간이 아닙니다 • 62 | 세상을 구하는 사랑 • 65 | 사랑이 영성의 핵심 • 68 | 인간의 길 • 69 | 참된 자기실현은 그리스도의 사랑을 통해서 • 71 | 참사랑에는 희생이 따른다 • 73 | 어둠과 빛 • 75 | 원수까지도 사랑하는 기도 • 76 | 행복은 사랑의 연대 안에서 • 79 | 사랑의 사람 마더 테레사 • 80 | 사랑 때문에 가난한 자가 되신 예수님 • 82 | 우리의 형제가 되신 예수님 • 87 | 인간을 하나로 엮는 성령 • 90

3장 | "내가 너희를 사랑한 것처럼 너희도 서로 사랑하여라"

사랑이 없으면 • 94| 사랑이 꽃피기 위해서는 • 96 | 어떤 죄인도 다 받아주시는 하느님 • 99 | 사랑 안에 살 때 만날 수 있는 분 • 103 | 우리의 짐을 대신 지신 주님 • 105 | 사랑의 전령 • 107 | 예수님의 사랑을 본받는 삶 • 109 | 나눔은 행복의 조건 • 113 | 용기가 부족한 이유 • 115 | 내 이웃을 버려둘 것인가? • 116 | 이삭을 줍는 마음으로 • 119 | 참된 신앙생활이란 • 121 | 사랑은 살기 위한 선택 • 123 | 사랑의 나눔 • 124 | 사랑으로 하나 되게 하소서 • 126

4장 | 사랑의 출발점은 가정입니다

가정을 사랑의 공동체로 만들려면 • 130 | 신랑이 신부를 반기듯 • 132 | 효는 하느님 사랑에 대한 응답 • 136 | 사랑의 출발점인 가정 • 139 | 사랑의 등불 • 142 | 결혼을 후회한 적 없습니까? • 145 | 하느님의 사랑을 실천하는 가정 • 147 | 사랑은 의지와 은총의 늪에서 피는 꽃 • 150 | 사랑은 결심입니다 • 152 | 부부의 기쁨이 곧 세상의 평화 • 155 | 목숨 바쳐 지켜야 할 사랑 • 157

5장 | 하느님의 사랑은 가없어라

'믿음' 이란 무엇인가? • 162 | 하느님은 사랑이시다 • 163 | 나를 사랑하시는 하느님 • 165 | "나를 사랑하는 자는" • 166 | 사랑받을 자격 • 168 | 사랑이 곧 성령이시다 • 170 | 삼위일체 하느님의 한없는 사랑 • 173 | 큰 사랑을 가진 아버지 • 176 | 언제나 먼저 사랑하시는 하느님 • 178 | 인간을 귀한 존재로 만드신 하느님 • 182 | 우리를 절대로 버리시지 않는다 • 184 | 하느님의 무한하신 사랑 • 186 | 가없는 사랑 • 188 | 깊은 도랑을 건너는 의의 • 190 | 우리의 부활 • 192 | 사랑의 증거, 십자가 • 195 | 사랑의 불 • 198 | 자아실현의 뿌리 • 200 | 너희는 빛과 소금이다 • 202 | 진리는 그리스도의 사랑 • 204 | 착한 목자를 부르시는 예수 • 206 | 하느님의 사랑을 부어주시는 성령 • 208

6장 | 사랑을 실천하시는 분들께

가난하고 봉사하는 교회 • 214 | 고통 받는 이들 안에서 만나는 예수님 • 216 | 그리스도께서 여러분을 부르십니다 • 218 | 사람들의 아픔에 교회도 책임이 있다 • 220 | 사랑의 등불로 세상 어둠을 밝히자 • 223 | 예수께서는 가난한 하느님을 드러내신다 • 226 | 치유자이신 그리스도의 사랑 • 228 | 가난을 사르는 사랑의 등불 • 230 | 간호와 그리스도의 사랑 • 231 | 어려운 형제에게 더 따뜻한 진료를 • 235 | 사랑을 실천하신 분들 • 238 | 21세기의 사제 • 241 | 사제 성화의 날 • 242 | 예수님과 함께 살려면 • 245

김수환 추기경 연보 246

사랑해야 하는 이유
사랑 안에 하나 되어
끝까지 지켜야 할 가치
진정한 자기애
자기희생이 없는 사랑은 없습니다
사랑의 사람 되자
사랑이 없으면 삶은 빈껍데기
사랑은 모든 계명의 완성입니다
죽음보다 더 강한 사랑
보잘것없는 형제
인간의 존엄성과 자유
사랑의 빛 속에서
이웃 사랑이 곧 예수를 사랑하는 것
정의를 거스르는 것은 바로 사랑을 거스르는 것입니다
심판의 기준
나를 비우는 일
가장 반기시는 제물은 사랑
사랑은 삶의 진수입니다
사랑은 기적보다 강하다

1장

사랑이 없으면 삶은 빈껍데기

사랑해야 하는 이유

'사랑' 은 좋은 것이지요. 여러분 모두 사랑받기를 원하지요? 사랑하기도 원하십니까? 아마 누군가를 사랑하기를 원하겠지요?

사랑은 산소 같은 것입니다. 산소가 없으면 우리는 숨을 쉴 수가 없고 죽습니다. 사랑이 없으면 어떻게 되겠습니까? 가령 가정에 사랑이 없으면 그 가정은 파탄하고 맙니다. 사회에 사랑이 없으면 그 사회는 사랑이 없는 그만큼 사람이 살기 힘든 사회가 될 것입니다.

우리는 왜 사랑해야 합니까? 그 이유는 우리가 참으로 사람답게 살기 위해서입니다. 나아가 더 근원적인 이유는 하느님이 우리를 사랑하시기 때문입니다.

여러분, 믿음이 무엇인지 아십니까? 우리는 신자, 즉 믿는 사람들입니다. 우리는 무엇을 믿습니까? 물론 하느님을 믿습니다. 그러나 단순히 하느님이 계시다는 것만을 믿는 것이 아닙니다. 하느님이 우주 만물을 창조하셨음을 믿고, 무엇보다 우리를 당신 모습을 닮은 인간으로 창조하셨음을 믿습니다.

그런데 이 하느님, 만물을 창조하신 지극히 능하신 하느님, 또 만물을 다스리시는 지극히 높으신 하느님, 그렇게 위대하신 하느님이 우리를 지극한 사랑으로 사랑하십니다. 하느님은 우리를 사랑에서 창조하시고 사랑으로 구원하십니다. 이것을 믿는 것이 믿음입니다. 우리에 대한 하느님의 사랑은 참으로 절대적이고 조건 없는 사랑입니다.

세계청소년대회 한국 참가자들에 대한 교리 교육, 마닐라, 1995. 1. 13

사랑 안에 하나 되어

우리에 대한 하느님의 사랑은 절대적입니다. 조건도 없습니다. 이 사랑을 믿는 것이 믿음입니다. 그러면 '우리'라는 존재는 참으로 얼마나 값진 존재입니까? 인간 존엄성, 즉 모든 인간은 인간인 이상, 존엄하다는 이유는 여기 있습니다.

하느님이신 분이 모든 인간을 이렇게까지 사랑하시기에 인간은 귀하고 존엄합니다. 우리는 우리 자신의 가치를 새삼 깊이 인식하게 됩니다. 이제 우리는 우리 자신의 귀함을 깨닫고 자신을 더 사랑할 줄 알아야 하겠습니다.

동시에 요한의 말씀대로 우리 서로도 사랑할 줄 알아야 하겠습니다. 하느님이 사랑하시는 인간을, 우리 이웃을 우리가 어찌 외면할 수 있습니까?

특히 어려움에 처한 이웃, 병든 이웃, 약한 이웃을 사랑할 줄 알아야 합니다. 이렇게 사랑하면 우리는 그리스도를 닮은 사람들이 됩니다. 오늘 우리는 이것을 결심합시다.

금융인 모임 미사, 1983

끝까지 지켜야 할 가치

끝까지 지켜야 할 가치는 무엇입니까? 그것은 하느님을 사랑하고, 그 하느님이 절대적이요 조건 없는 사랑으로 사랑하는 인간을 사랑하는 것입니다.

예수님은 "마음을 다하고 정신과 힘을 다하여 하느님을 사랑하고, 또한 네 이웃을 네 몸같이 사랑하라. 이것이 가장 큰 계명이다"라고 말씀하셨습니다. 그리고 또 "누구도 형제를 사랑하지 않으면서 하느님을 사랑한다고 말할 수 없다"고 성경에서 말씀하고 있습니다.

우리는 하느님과 함께 이웃을, 특히 가난하고 불우한 이웃, 약한 이웃을 사랑할 줄 알아야 합니다. 결국 이 두 사랑은 하나의 사랑입니다. 인생의 길은 바로 이 사랑입니다. 이것이 오늘 우리가 끝까지 지켜야 할 가치입니다.

강연, 육군사관학교, 1999. 1. 15

진정한 자기애

저는 우리가 진정한 의미의 자기애를 가지자, 자신을 값지게 아름답게 가꿀 만큼 자신을 사랑할 줄 알자고 말하는 것입니다. 이렇게 자신을 사랑할 줄 알 때 우리는 남을 사랑할 줄 알게 됩니다. 내가 존귀한 존재임을 알면 남 역시 존귀한 인간, 존귀한 인격체임을 인식하게 되고, 그 인식에서 진정한 사랑을 가질 수 있기 때문입니다.

우리는 누가 나의 인물, 나의 젊음, 나의 재주, 더구나 나의 가문, 재산을 보고 사랑하는 것을 참사랑이라고 보지 않을 것입니다. 내가 나이기 때문에 나를 사랑하는 그 사랑을 참사랑이라고 볼 것입니다.

우리가 가지는 남에 대한 사랑도 같습니다. 그가 그이기 때문에 사랑할 때 비록 사랑의 시작은 외모에 있고 외적으로 나타나는 인물됨에 있다 할지라도 결국에는 바로 그가 그이기 때문에 사랑할 때 이것이 참사랑입니다. 인간은 누구나 자기애에만 머물지 않고 남을 사랑할 때, 남을 향해서 자신을 열 때 참으로 성장하고 발전합니다.

입학 미사, 성심여대, 1980. 2. 29

자기희생이 없는 사랑은 없습니다

"사랑이 없으면 나는 아무것도 아닙니다"라고 사도 바오로가 말씀하신 대로 사랑이 없으면 나는 살 수 없습니다. 사랑이 없으면 우리 가정은 평화도 행복도 누릴 수 없고, 우리 사회와 나라 역시 안정도 번영도 누릴 수 없습니다. 사랑이 없으면 생명이 있을 수 없고, 삶이 있을 수 없습니다. 우리는 존재할 수 없습니다. 사랑은 참으로 모든 존재와 삶과 평화와 행복의 절대적 조건입니다.

그런데 사랑에는 자기희생과 고통이 반드시 따릅니다. 사랑이 없는 수고와 고통은 있을 수 있습니다. 그러나 수고와 고통, 자기희생이 없는 사랑은 있을 수 없습니다. 하느님의 뜻에 우리가 자신을 열고 그 뜻에 순종한다는 것은 이 사랑에 따르는 자기희생, 고통까지도 받아들인다는 뜻입니다.

새해 자정 미사, 명동대성당, 1988. 1. 1

사랑의 사람 되자

사랑은 참으로 생명입니다. 구원입니다. 우리 역시 사랑의 중요성, 필요성을 깨닫고 있습니다. 우리가 좋아하는 유행가도 대부분 사랑의 노래입니다.

그런데 우리는 그 사랑을 참으로 살 줄 아느냐고 스스로에게 물어본다면 자신 있게 그렇다고 답을 할 수 없습니다. 우리는 오히려 나는 아직도 사랑할 줄 모른다고 답을 할 수밖에 없을 것입니다.

우리가 얼마나 사랑하는 사람인지 오늘 한번 시험을 보겠습니다. 〈고린토전서〉 13장을 보면 참사랑이 무엇인지를 말합니다.

사랑은 오래 참습니다.
사랑은 친절합니다.

사랑은 시기하지 않습니다.

사랑은 자랑하지 않습니다.

사랑은 교만하지 않습니다.

……

사랑은 모든 것을 덮어주고, 모든 것을 믿고, 모든 것을 바라고, 모든 것을 견디어냅니다.

여기 '사랑' 대신에 '나'를 대치시켜 보십시오. 그러면 '나'는 얼마나 참사랑을 사는 사람인지 점수가 나옵니다. 합격? 낙제? 만점? 영점? 어느 편입니까?

결국 가장 중요한 것은 주님께서 우리를 사랑하신 것처럼 우리도 서로 사랑하는 것입니다. 그런데 이것을 우리는 아직도 제대로 살지 못하고 있습니다. 왜 그렇습니까? 그 이유는 무엇입니까? 여러분, 그 이유는 무엇입니까?

그 이유는 물론 우리 모두 자기중심으로 사랑을 찾고 있기 때문입니다. 남을 자기 자신과 같이 사랑하는 참사랑을 모르기 때문입니다. 사랑받기는 바라지만 — 사랑받지 못하면 삶의 의미를 잃을 만큼 심각한 지경에 이르겠지만 — 그 사랑을 다른 이에게 줄 줄은 모릅니다.

우리는 참으로 깊이 생각해보아야 합니다.

왜 나는 사랑을 좋아하고 사랑받기를 원하고 또 사랑하기도 원하면서 실제 생활에서는 이를 살지 못하는가?

"사랑은 결심이다"라는 말이 있습니다. 'ME(Marriage Encounter, 결혼 생활 대화 모임)' 하는 분들이 잘 쓰는 말입니다. 우리는 참으로 사랑하겠다는 결심을 확고히 세워야 합니다. 그리고 사랑을 실천하는 것입니다. 유명한 심리 치료학자 에리히 프롬도 "사랑은 의지다"라고 했습니다.

그런데 더 깊고 제일 중요한 이유, 근원적인 이유는 우리에 대한 주님의 사랑을 깨닫지 못하기 때문입니다. 주님이 우리를 얼마나 사랑하시는지 모르기 때문입니다.

성령대회, 로스앤젤레스, 1999. 8. 15

사랑이 없으면 삶은 빈껍데기

인생 공부의 가장 큰 문제는 무엇일까요? 정말 사랑할 줄 아는 것입니다. 프랑스의 유명한 시인이며 작가인 루이 아라공(Louis Aragon)이 “인생에서 내가 배운 것은 오직 하나, 곧 사랑하는 것이다. 내가 당신들에게 바라는 것도 오직 하나, 곧 사랑할 줄 아는 것이다”라고 하였습니다. 이 말은 며칠 전 읽기 시작한 책 한 장의 머리에 써 있었습니다.

나도 오늘 여러분한테 같은 말을 하고 싶습니다. 그런데 나는 아직 참으로 사랑할 줄 안다고 말할 수는 없고, “인생에서 제일 중요하고 제일 값지고 삶을 풍부하게 해주고 구원해주는 것이 있다면 그것은 사랑이다”, 이 말은 할 수 있을 것 같습니다. 사랑이 없으면 삶은 결국 빈껍데기입니다.

〈사랑〉, 1977

사랑은 모든 계명의 완성입니다

그리고 서로 같은 주님을 믿는 한 믿음 안에서 사랑으로 깊은 친교를 나누고 하나 되기를 바랍니다. 우리는 모두 이 미사에서 예수님의 성체를 모시게 될 것입니다.

예수님, 그분은 우리를 위해서 사람이 되어 오시고 십자가에 돌아가시고 당신 몸을 성체로 나누어 주십니다. 주님은 우리 각자의 영혼을 살리기 위해서뿐 아니라 우리 모두를 하나로 만들기 위해서 당신의 성체를 주셨습니다. 너도 나도, 우리 모두가 그리스도의 몸을 모십니다. 우리는 모두 같은 그리스도를 모시는 것입니다. 그러면 우리는 그분과의 일치 속에 우리 서로도 하나 되어야 합니다. 이것은 참으로 아름다운 사랑의 일치입니다.

사랑은 과연 모든 계명의 완성입니다. 사랑이 없으면 설령 다른 계명을 지켰다 하여도 아무런 의미가 없습니다. 오늘 복음에서도 율법학자가 예수님의 말씀에 탄복하여 말하기를, "마음을 다하고 힘을 다하여 하느님을 사랑하는 것과, 이웃을 제 몸같이 사랑하는 것이 모든 번제물과 희생 제물을 바치는 것보다도 훨씬 더 낫습니다"라고 했습니다. 여기서 우리가 명심할 것은 이웃 사랑이 하느님 사랑과 같이 중요하다고 말하는 것입니다. 하느님을 사랑하면서 이웃을 사랑하지 않으면 그것은 참사랑이 아닙니다.

사도 요한은 눈에 보이는 형제를 사랑하지 않으면서 눈에 보이지 않는 하느님을 사랑할 수는 없다고 하셨습니다.

사도 바오로는 여러분이 잘 아시는 바대로 〈고린토전서〉 13장의 사랑의 송가에서, 사랑이 없으면 천사의 말을 할 수 있는 언변도, 하느님 말씀을 전하는 좋은 일도, 그 신비를 아는 지식도, 산을 옮길 수 있는 믿음도 헛되다고 했습니다.

사랑이 없으면 우리의 삶 전체의 의미가 없습니다. 그것은 심장이 없는 육체와 같습니다.

제1회 청소년종합예술대회 미사, 돈보스코회관, 1985. 11. 3

죽음보다 더 강한 사랑

신구약성경을 보면, 하느님께서 사람의 죄를 단죄하신 적도 있지만, 줄곧 참아주시는 모습을 더 자주 볼 수 있습니다. 이것은 결국 하느님의 자비요 사랑입니다. 오늘 성경 말씀뿐 아니라 성경 전체가 말하는 것은 결국 이 사랑이 승리한다는 것입니다.

사랑은 약해 보입니다. 그러나 사랑은 모든 것을 믿고, 모든 것을 참습니다. 모든 것을 견디어냅니다. 사랑은 가실 줄을 모릅니다. 죽음보다 더 강한 것이 사랑입니다. 죽은 것도 살립니다.

우리가 이룩하는 다른 모든 것, 즉 지식, 재산, 명예, 지위, 건강 따위는 모두 사라지지만 끝내 사라지지 않고 불멸의 것으로 남는 것은 사랑입니다. 그래서 우리는 그 사랑 속에 영원히 삽니다.

벗을 위해서 자기 목숨을 바치는 사랑보다 더 큰 사랑은 없다고 예수님이 말씀하셨듯이, 궁극적으로 자기 모든 것을 남김없이 사랑하는 사람을 위해 줄 수 있을 때, 그것이 참사랑인 것 같습니다. 가장 큰 사랑인 것 같습니다.

이 같은 정신이 연인 사이에도, 부부 사이에도, 부모 자식 사이에도 있고, 특별히 가난이나 불구, 병고에 시달리고 기타 사회적으로 소외된 사람들에게까지 미친다면 세상은 진정 밝아질 것입니다. 생명의 빛, 즉 광명으로 가득 찰 것입니다. 이런 사랑 속에 하느님 나라는 이미 와 있습니다.

연중 16주일 미사, 1978. 7. 23

보잘것없는 형제

주님은 "보잘것없는 형제 하나에게 해준 것이 곧 나에게 해준 것이다"(마태 25 : 40), "보잘것없는 형제 하나에게 해주지 않은 것이 곧 나에게 해주지 않은 것이다"(마태 25 : 45) 하시며 보잘것없는 형제를 당신과 일치시키고 계십니다.

우리 각자에게, 즉 나에게 보잘것없는 형제는 누구입니까? 오늘 복음의 뜻을 피상적으로 생각하면 그냥 막연하게 가난하고 굶주리는 불쌍한 사람으로 생각하기 쉽습니다. 그들도 보잘것없는 형제일 수 있습니다. 그러나 더 깊이 생각하면 보잘것없는 형제는 결코 그렇게 이름도 성도 모르는 어느 가난한 사람, 굶주리는 사람, 거지가 아닙니다.

내게 가장 보잘것없는 사람은 내가 그의 이름도 알고 얼굴도 알고 일상 가까이 대하면서도 내 마음에서 받아주지 않고 있는 사람, 그 사람이 내게 가장 보잘것없는 사람입니다. 이 사람을 사랑하지 않는 것이 곧 주님을 사랑하지 않는 것입니다. 왜냐하면 주님은 그 사람도 사랑하실 뿐 아니라 그 사람을 당신과 같이 생각하시기 때문입니다.

그렇다면 우리는 참으로 잘 생각해보아야 합니다. 나는 마음으로부터 받아주지 않는 사람이 없는지, 내게 보잘것없는 형제는 누구인지 깊이 생각해보아야 합니다. 그 사람은 내게 아주 가까이 있는 사람입니다. 집안 식구 중 누구일 수도 있고, 형제 중 누구일 수도 있고, 또는 이웃이나 직장 동료일 수도 있습니다.

제일 중요한 것은 이 사람을 사랑하는 것입니다. 이 사람과 화해할 일이 있으면 화해하고, 이 사람에게 용서를 청할 일이 있으면 용서를 청하는 것, 이것이 제일 중요합니다.

이웃 사랑의 실천이란 단순히 자선을 베푸는 것이 아닙니다. 그냥 가난한 이를 돕고 여러 가지 봉사 활동을 하는 것이 아니라, 내 마음에서 소외된 사람이 있다면 바로 그를 받아들이고 사랑하는 것입니다. 가정에서 부부 관계, 부모 자식 관계를 소홀히 하면서 밖으로 나가 좋은 일을 많이 한다 해도 소용이 없습니다.

견진성사, 여의도성당, 1996. 11. 24

인간의 존엄성과 자유

인간 안에는 신적인 무엇이 있습니다. 뿐만 아니라 하느님의 최대 관심사가 인간이요, 하느님은 인간을 지극히 사랑하시어 이 인간을 구하기 위해서 하느님은 당신 생명을 내놓으셨습니다.

성탄은 하느님의 외아들이요 본시 하느님과 같으신 분이 우리를 위해서 세상에 오신 날을 뜻합니다. 그분이 바로 예수 그리스도입니다.

예수그리스도는 모든 인간을 구하기 위해서 십자가에 자신을 희생 제물로 바치셨습니다. 인간에 대한 사랑으로 피를 흘리고 자신의 목숨까지 내주신 분입니다. 이것이 성경이 말하는 인간에 대한 하느님의 사랑입니다.

바로 하느님의 이 사랑 때문에 인간은 존엄합니다. 하느님은 어떤 인간이든 그가 인간인 한 — 외모가 어떻게 생겼든,

나병과 같은 병에 걸려 괴물같이 보이든, 천치 바보이든, 심지어 살인, 강도와 같은 대죄인이든 — 그 누구도 버리시지 않고 사랑하시기 때문에 어떤 인간에게도 이 존엄성은 있습니다.

예수님이 "진리는 너희를 자유롭게 할 것이다"라고 하신 것은 바로 이 뜻입니다. 자유는 궁극적으로 사랑하기 위해서입니다. 참으로 사랑하기 위해서 자유가 있습니다. 누구도 자유 없이 사랑할 수는 없습니다.

하느님이 우리에게 자유를 주신 것은 하느님의 그 사랑에 인간이 사랑으로 응답할 수 있게 하기 위해서입니다. 그래서 당신 자신과 사랑 속에 결합되도록 하기 위해서입니다. 또한 모든 선한 것, 진리, 정의를 사랑하면서 완성하도록 하기 위해서입니다. 그중에서도 같은 인간을 사랑하도록 하기 위해서 자유를 주셨습니다.

특강, 1980

사랑의 빛 속에서

"자기가 빛 속에서 산다고 말하면서 자기의 형제를 미워하는 자는 아직도 어둠 속에서 살고 있는 자입니다. 자기의 형제를 사랑하는 사람은 빛 속에서 살고 있는 사람입니다."(요한 2 : 9~10)

형제를 사랑하는 사람은 빛 속에 삽니다. 왜냐하면 형제를 사랑하면 그것은 곧 그리스도를 사랑하는 것이요, 그리스도 안에 사는 것이기 때문입니다.

그리스도는 빛이십니다. 우리가 서로 사랑하면 우리 사이는 얼마나 밝겠습니까? 우리 가정이 사랑으로 가득하다면 우리 가정은 얼마나 빛과 평화로 가득하겠습니까?

이 같은 사랑은 우리 사회를, 우리나라를, 온 세계를 어둠에서 빛으로 인도해줄 것입니다. 그리고 그것은 우리를 그리스도께로 인도해줍니다.

새해에 여러분 모두 사랑으로 빛 속에 살기를 빕니다. 그렇게 사랑하면 빛 속에 사는데 우리는 왜 그렇게 살지 못합니까? 왜냐하면 우리에게는 빛보다 어둠이 더 많고 사랑할 줄 몰라서입니다.

사랑은 마음속에 따뜻한 정을 느끼는 감정적인 것만이 아닙니다. 그보다도 참사랑은 사랑한다는 의지이며, 그 의지를 실천에 옮기는 노력입니다. 그것은 때때로 자기를 이겨야 하는, 자기 자신 안에 있는 미운 감정이나 싫은 감정을 이겨내야 하는 자기 극기가 필요합니다.

자기가 죽어야 참으로 사랑할 수 있습니다. 사랑을 위해 죽는 사람이 삽니다. 사랑할 때 빛 속에 삽니다.

주의 공현대축일, 명동대성당, 1994. 1. 2

이웃 사랑이 곧 예수를 사랑하는 것

우리를 심판하실 분은 그리스도이십니다. 그런데 이 그리스도께서 우리를 영생으로 또는 영원한 죽음으로 가리는 기준은 무엇입니까?

그것은 '그리스도를 사랑했느냐, 아니냐'입니다. 오직 한 가지입니다. 그리스도를 사랑했느냐, 아니냐?

그런데 그리스도를 사랑한다는 것은 무엇입니까?

저는 주님을 사랑합니다 하고 말하면 됩니까?

성당에 다니면 주님을 사랑하는 것입니까?

기도를 길게 하고, 사목위원이나 여러 가지 활동 단체 회원 또는 사도직 단체의 장이 되어 활동을 많이 하면 그리스도를 사랑하는 것이 됩니까?

무엇이 그리스도를 사랑하는 것입니까?

예수님은 오늘 복음에서 이렇게 말씀하십니다.

"사람의 아들이 영광을 떨치며 모든 천사들을 거느리고 와서 영광스러운 왕좌에 앉게 되면 모든 민족들을 앞에 불러놓고 마치 목자가 양과 염소를 갈라놓듯이 그들을 갈라 양은 오른편에, 염소는 왼편에 자리 잡게 할 것이다. 그때에 그 임금은 자기 오른편에 있는 사람들에게 이렇게 말할 것이다."(마태 25 : 31~34)

이것을 보면 결국 제일 중요한 것은 바로 이웃 사랑입니다. 고통 받는 이웃, 가난한 이웃, 병든 이웃, 외로운 이웃을 자기 자신같이 사랑하는 것입니다.

그리스도를 사랑하는 것이 따로 있지 않습니다. 이웃을 사랑하면 그것이 곧 예수를 사랑하는 것입니다.

견진성사, 봉천동 · 신월동성당, 1990. 11. 24/25

정의를 거스르는 것은 바로 사랑을 거스르는 것입니다

성탄이 가져온 기쁜 소식은 사랑과 평화입니다. 구원과 생명입니다. 그것은 바로 하느님 나라의 선포와 그 임하심입니다. 그리스도의 성탄이 가져온 이 구원의 기쁜 소식은 모든 이를 위한 것입니다. 온 세상을 위한 것입니다. 어느 누구도 이 구원에서 제외되어 있지 않습니다. 누구든지 그분을 믿고 그 가르침을 실천에 옮기는 한, 인종 · 피부색 · 계급의 차이를 넘어서 모두가 구원됩니다.

그리스도께서는 가난하고 힘없는 사람들, 소리도 낼 수 없는 사람들을 당신의 형제라 부르셨으며 당신과 그들을 마치 하나인 것처럼 말씀하셨습니다. 사실 모든 불행한 사람, 모든 불의의 희생자들은 그리스도의 형제일 뿐 아니라 그리스도는 그들 안에 계십니다. 그들에게 베푼 인정과 사랑은 바로 그리스도께 베푼 것입니다.

여기에 또한 성탄의 결정적 의미가 있습니다. 성탄은 경축하는 것으로 족한 것이 아닙니다. 찬미하는 것으로 족한 것도 아닙니다. 성탄은 실로 이웃, 특히 불우한 이웃에 대한 사랑 속에 실현됩니다. 사랑이 없는 곳에 그리스도는 탄생하시지 않습니다. 그리스도는 정녕 가난한 마음, 슬피 우는 마음, 온유한 마음, 겸손하게 회개하는 마음에 강생하십니다.

하느님에 대한 사랑과 이웃에 대한 사랑을 서로 분리할 수 없는 것처럼 사랑과 정의의 실천은 근본적으로 같은 것입니다. 남을 사랑한다면서 남에게 불의를 행할 수는 없습니다. 정의를 거스르는 것은 바로 사랑을 거스르는 것입니다. 사랑에서 정의를 빼면 그것은 이미 사랑이 아닙니다. 때문에 이웃에 대한 정의의 실천은 바로 사랑의 실천입니다. 정의로운 사회 건설을 위한 노력은 곧 사랑에 가득 찬 사회 건설을 위한 노력입니다.

이웃을 진정 사랑한다면 이웃을 참으로 인간으로, 인격 주체로 존중해야 합니다. 인간 품위에 맞는 대우를 물질적으로나 정신적으로 다해야 합니다. 무엇보다도 하느님께서 주신 인간 존엄성과 그 존엄성에 내포된 기본 권리를 존중해야 합니다.

어느 개인이나 단체나 정치권력도 그것을 무시하고서 참으로 이웃을 사랑한다거나 국민을 사랑한다고 말할 수는 없습니다. 더욱이 인간을 자신의 이익을 위해서 유린하거나 또는 정치나 경제의 도구로 삼는다면 그것은 단지 인간에 대한 모독일 뿐만 아니라 창조주이신 하느님에 대한 모독인 것입니다. 그런 곳에 참된 평화와 안정이 있을 수 없습니다. 발전과 번영이 있을 수 없습니다. 왜냐하면 그런 짓이 자행되는 사회는 바로 암흑사회이기 때문입니다.

성탄절 메시지, 1975. 12. 25

심판의 기준

제일 중요한 일은 주님을 본받아서 이웃을 사랑하는 것입니다. '보잘것없는 형제'를 예수님의 사랑을 본받아서 사랑하는 것입니다. 참으로 그 두려운 심판의 시간에 주님이 보시기에 값진 것은 사랑의 삶이요, 진실한 삶입니다.

사람은 사실 사랑할 때 행복하고 참된 사람이 됩니다. 왜냐하면 사랑 자체이신 주님이 사랑에서 사람을 지으셨고, 사랑으로 구원하셨기 때문입니다. 하느님이 사람을 당신 모습을 닮은 존재로 창조하셨다 함은 바로 이런 의미로 알아들어야 할 것입니다. 이렇게 사랑은 우리 인간이 참으로 인간이 되기 위해서, 영원한 생명을 얻기 위해서 절대로 필요한 것입니다.

사도 바오로는 〈고린토전서〉 13장에서 이 사랑을 강조하시면서, 사랑이 없으면 천사의 말을 할 줄 아는 언변도, 하늘의 오묘한 신비를 아는 지식도, 산을 옮기는 믿음까지도 소용이 없다고 하였습니다. 때문에 우리는 먼저 사랑 자체이신 하느님의 우리에 대한 사랑을 깊이 깨달아야 하겠습니다. 그리스도의 십자가가 잘 말하듯이 주님은 우리를 죽기까지 사랑하십니다. 이 사랑을 믿는 것이 믿음입니다. 그리고 이 사랑을 본받아서 사는 것이 신앙생활입니다.

"내가 너희를 사랑한 것처럼 너희도 서로 사랑하여라. 이것이 나의 계명이다."(요한 13 : 34)

십자가의 예수님은 언제나 우리에게 이 말씀을 하십니다.

신앙학교 졸업 미사, 가톨릭회관 7층, 1993. 12. 22

나를 비우는 일

'나'를 비우는 것은 나의 뜻을 거슬러서 내가 원하지 않을 때 일어나는 일, 당하는 일, 싫은 사람을 피곤한 시간에 맞이하고, 받아들이고, 사랑하고, 용서하는 것, 더욱이 어둠 속에 내던져진 채, 위로도 빛도 없는 가운데서 사랑하는 것, 그것은 순교와 같습니다. '내'가 상처받고 죽임을 당하지 않고는 '나'를 비울 수 없습니다.

이렇게까지 자신을 비우고 내던질 수 있는 것, 이것이 참사랑입니다. 이런 마음이 참으로 예수님의 마음입니다.

예수님께서는 그런 길을 가셨습니다. 절망, 슬픔, 고뇌, 치욕을 다 겪으셨고, 그러면서도 끝까지 "아버지, 제 영혼을 아버지 손에 맡깁니다"(루카 23 : 46)라고 하셨습니다.

포콜라레 젠 대회, 1982. 1. 30

가장 반기시는 제물은 사랑

예수님은 빛이십니다. 모든 마음의 어두움을 몰아내고 우리 마음을 환히 밝혀주시는 빛이십니다. 예수님은 우리가 이렇게 밝은 빛 속에 살게 하기 위하여 당신을 주십니다.

예수님은 또 사랑이십니다. 사랑 자체이십니다. 우리의 모든 죄를 용서하여주시고, 우리를 언제나 따뜻하게 돌보아주시며, 이 세상 모든 이가 우리를 좋아하지 않는다 해도, 가시지 않는 사랑으로 사랑하여주시는 분이십니다. 예수님은 사랑이신 당신으로 우리가 행복하게 살 수 있도록 이렇게 당신을 주십니다.

첫영성체 미사, 이문동성당, 1984. 7. 23

사랑은 삶의 진수입니다

그리스도는 사랑 자체이신 하느님의 성자이십니다. 하느님께서 우리를 사랑하시는 그 같은 사랑으로 우리를 사랑하시는 분입니다.

그리스도는 본시 하느님과 본질이 같으신 분이면서도 우리를 위해서 하느님과 동등한 위치에 있기를 원하지 않으시고, 당신을 완전히 비우시고 사람이 되어 오셨습니다.

그리스도는 원수까지도 사랑하시고 용서하신 분이십니다.

참으로 그리스도의 사랑은 높고 위대합니다.

이와 같은 그리스도의 사랑을 닮아 사는 것이 우리들 믿는 이들의 길입니다.

사랑은 그리스도 신자의 삶의 진수(眞髓)입니다.

모든 인간이 참인간이 되는 길입니다.

그 때문에 예수님은 "내가 너희를 사랑한 것처럼 너희도 서로 사랑하여라"고 거듭 말씀하셨습니다.

견진성사, 사당동성당, 1981. 7. 12

사랑은 기적보다 강하다

예수님이 전교를 하시고 기적을 많이 행하신 곳은 갈릴래아 지방이었고, 그중에서도 가파르나움, 코라진, 베싸이다였습니다. 그러나 이곳들은 마치 예수님이 저주하신 그 말씀이 들어맞은 양 완전한 폐허였습니다. 사실 예수님이 기적을 가장 많이 행하신 곳이 이 세 군데인데, 거기서 회개하고 믿음을 가진 사람들은 불과 소수였습니다.

기적의 힘이 반드시 사람을 감동시키는 것도, 특히 마음의 변화를 일으켜 회개시키는 것도 아니라는 것을 잘 증명하는 것 같습니다. 그러나 십자가는 우리를 사로잡습니다. 그 사랑은 사람의 마음을 깊이 회개시킵니다.

십자가는, 하느님이 우리를 얼마나 사랑하시는지를 잘 드러냅니다. 돌아가시기까지 우리를 사랑하신다는 것을 말하고 있습니다. 그리하여 인간을 마음속 깊이 회개시켜 주고 인간의 마음속에 하느님의 사랑을 부어 넣음으로써 거룩한 마음, 하느님을 닮은 마음으로 변화시킵니다.

바로 이 같은 마음이 세상의 어둠을 밝히고, 메마른 땅을 생명의 물로 적셔주며, 죽어가는 인간을 재생케 합니다.

1979

하느님께서 가장 사랑하시는 것

참사랑의 힘

사랑할 수 있는 능력은 가장 큰 은사

남을 사랑할 줄 아는 사람

사랑하지 않으면 인간이 아닙니다

세상을 구하는 사랑

사랑이 영성의 핵심

인간의 길

참된 자기실현은 그리스도의 사랑을 통해서

참사랑에는 희생이 따른다

어둠과 빛

원수까지도 사랑하는 기도

행복은 사랑의 연대 안에서

사랑의 사람 마더 테레사

사랑 때문에 가난한 자가 되신 예수님

우리의 형제가 되신 예수님

인간을 하나로 엮는 성령

2장

사랑하지 않으면 인간이 아닙니다

하느님께서 가장 사랑하시는 것

인간은 참으로 존엄한 존재입니다. 하느님은 인간을 위해 당신을 비우시고 바치셨습니다. 하느님의 제일의 관심사는 인간입니다. 하느님께서 가장 사랑하시는 것, 그것은 인간입니다.

하느님은 인간에게 당신의 모든 것을 주시고, 당신과 같이 신으로 만들고자 하십니다. 인간은 그렇게 고귀한 것입니다. 그러므로 우리는 인간을 사랑해야 합니다.

우리는 새해를 완전히 그렇게 사랑이 지배하는 해로 살지는 못할 것입니다. 그러나 우리는 진정으로 그곳에 우리 자신의 인간다운 삶이 있고, 우리가 찾는 모든 좋은 가치와 기쁨과 행복 · 구원이 있다는 것을 명심해야겠습니다.

신년 '평화의 날' 미사, 명동대성당, 1986. 1. 1

참사랑의 힘

예수그리스도는 사랑이셨기에 어느 누구 한 사람도 외면하시지 않았습니다. 당신께 다가오는 수고하고 짐 진 자에게 당신 자신을 전부 내주시고 품어주셨습니다.

그 사랑으로 "소경이 보게 되고 절름발이가 제대로 걸으며 나병 환자가 깨끗해지고 귀머거리가 들으며 죽은 사람이 살아나고 가난한 사람이 복음을 듣게"(루카 7 : 22) 되었습니다.

그 사랑으로 좌절과 실의에 넘어진 사람들의 가슴에 희망이 가득 찼고, 미움과 저주로 일그러진 사람들이 용서와 화해의 기쁨을 알며, 오만과 독선에 오염된 사람들이 부끄러움을 알았습니다. 한마디로 죄의 굴레에 겹겹이 둘러싸였던 인간이 하느님의 모습을 닮은 참인간답게 새로이 구원되었습니다.

구세주 그리스도께서 우리를 위해 당신을 철두철미 무(無)로 비우신 몰아(沒我)적 사랑이 이같이 큰 구원을 가져오게 하였습니다.

성탄절 메시지, 1982. 12. 25

사랑할 수 있는 능력은 가장 큰 은사

제자들을 향해서 "너희는 서로 사랑하여라"고 누누이 가르치셨고, "벗을 위하여 자기 목숨을 바치는 사랑보다도 더 큰 사랑은 없다"고 하시면서 당신 자신이 실제로 이 사랑을 위해서 목숨까지 바치셨습니다.

'사랑하라', "내가 너희를 사랑하는 것과 같이 서로 사랑하라." 이것이 예수께서 우리에게 주신 가장 큰 계명입니다. 그리고 이 사랑, 곧 사랑하는 마음, 사랑할 수 있는 능력이 성령께서 우리에게 주시는 가장 큰 은사입니다.

사랑. 이는 참으로 우리와 하느님의 관계, 우리들 상호 간의 관계에서 본질적인 말입니다. 이것이 없으면 사도 바오로의 말씀대로 우리가 하는 모든 것, 예언도, 기적도, 방언도, 희생적 봉사와 말씀의 전파도 다 소용이 없습니다. 이것이 없으면 하느님과 우리의 관계도, 우리 서로의 관계도 단절되고 맙니다.

반면에 이것이 있으면 우리는 참으로 모든 것을 가집니다. 사랑은 모든 덕의 실상이요, 사랑이 있는 곳에 하느님이 계시기 때문입니다.

그런데 우리는 참으로 사랑할 줄 압니까? 사랑이라는 말은 하기는 쉽고, 실제 많이 쓰는데, 참으로 사랑하기가 왜 이렇게 힘이 듭니까? 누구나 사랑이 제일 좋은 줄 알고, 사랑이 있으면 우리의 모든 문제, 가정의 문제, 사회의 문제, 교회의 문제, 온 세계의 문제가 다 해결될 수 있는 줄 알고 있습니다.

오늘날 우리나라의 문제도 남북 분단의 문제도, 미소 양대 진영이 서로 믿지 못하고, 서로가 상대로부터 자신을 지키기 위해서 무력 증강으로 대처하고 있는 문제도 결국은 근원적으로는 사랑의 결핍에서 온다는 것을 우리는 알고 있습니다. 이대로 나아가면 모두가 파멸입니다. 사랑이 없기 때문에 오늘의 인류가 생명이 아니라 파멸로 향하고 있다는 것을 우리는 잘 압니다.

이 때문에 바로 얼마 전 교황께서는 새로운 회칙을 내셨는데 그것은 하느님의 자비, 그 자비를 따라서 우리가 사랑과 자비심을 가질 때 오늘의 세계를 구제할 수 있다는 것입니다. 그런데 우리는 이것을 알면서도 자비심을 가지지 못합니다.

남을 믿지도, 사랑하지도 못합니다. 믿고 사랑하면 다 해결되는데 어떻게 이것이 안 됩니까?

성령쇄신운동, 은혜의 밤 강론, 1980. 12. 31

남을 사랑할 줄 아는 사람

그리스도를 닮은 사람, 이것이 이 성사의 가장 큰 은혜입니다. 이런 은혜를 풍성히 주시는 성령을 받으시어 그 은혜 속에 살도록 힘써주십시오.

무엇보다도 성령은 사랑이십니다. 또 오늘 독서의 말씀대로 하느님의 사랑을 우리에게 부어주시는 분이십니다.

그분은 모든 인간을 당신의 사랑으로 하나로 만드시기를 원하십니다. 그 때문에 성령은 첫 성신강림날 볼 수 있듯이 인간과 인간을 갈라놓는 모든 장벽, 민족, 인종, 피부색의 장벽, 언어의 장벽을 허십니다.

그리하여 성경 말씀대로 모든 민족의 모든 사람을, 유대인도, 이교인도, 자유인도, 노예도, 남자와 여자도 그리스도 안에 사랑으로 하나 되게 하십니다.

견진자는 무엇보다도 이 사랑의 성령을 받아서 남을 사랑할 줄 아는 사람 되어야 합니다. 진실히 미움이 있는 곳에 용서를 심고, 분열이 있는 곳에 화해와 일치를 가져오는 사람 되어야 합니다.

견진성사, 명동대성당, 1986. 5. 25

사랑하지 않으면 인간이 아닙니다

성서에 따르면 "사람은 하느님의 모상으로 만들어졌다"(창세 1 : 27 참조)고 합니다. 이 말씀의 뜻이야 여러 가지가 있겠으나, 가장 본질적인 것은 인간이 사랑에서 나왔다는 것입니다. 사랑에서 — 사랑을 위해, 하느님을 닮아서 하느님을 사랑하고 또한 서로 이웃을 사랑하기 위해서 — 창조되었다는 것입니다.

우리는 마치 먹고사는 문제가 제일 중요한 것처럼 생각하고 먹고사는 데 몰두하고 있으나, 인간에게 가장 중요하고 가장 본질인 것은 사랑하는 것입니다. 우리의 사랑이 비록 불완전하지만, 우리 삶에서 사랑을 제거하면 무엇이 남겠습니까? 사랑하는 사람은 하느님 안에 살고 하느님과 함께 영원히 삽니다. 사랑할 줄 아는 사람만이 참으로 값지게 삽니다.

사랑하지 않으면 영세와 견진은 아무런 효과를 낼 수 없습니다. 사랑하지 않으면 그것은 삶이 아니요, 죽음입니다. 사랑하지 않으면 인간은 인간이 아닙니다. 사랑하지 않으면 미움, 시기, 질투, 다툼, 불화, 살인, 억압 등 온갖 불의와 부정이 야기되고 온갖 죄가 발생하게 됩니다. 그 결과는 다름 아닌 불행과 죽음일 수밖에 없습니다. 암흑과 멸망일 수밖에 없습니다.

사랑 자체이신 하느님은, 사랑의 완전한 일치를 드러내시는 삼위일체이신 하느님은 사람도 당신과 같이 되도록 당신의 그 영원한 생명, 사랑으로 가득 찬 삶에 참여하도록 사람을 창조하셨습니다. 당신 모습대로 창조하셨습니다.

그래서 사람들이 민족, 인종, 피부색 그 외 모든 사회적 차별 없이 서로 사랑하여 서로 형제와 같이 아끼고 돕고 위하는 큰 가족을 이루는 것이 하느님의 뜻입니다. 그런 사랑의 단합이 곧 '하느님의 나라' 입니다. 예수님이 설교하신 그 나라입니다. 예수님은 이 때문에 사람이 되어 오시고, 십자가에 죽으시고, 부활하셨습니다. 사랑의 일치는 예수님의 꿈입니다.

그 때문에 예수님은 수난하시고 죽으셨습니다. 십자가의 예수님은 무엇을 말씀하십니까? "내가 여러분을 사랑한 것처럼 여러분도 서로 사랑하시오"(요한 15 : 12), 이것입니다. 하느님이신 분의 말씀입니다.

우리는 신자로서 영세를 받은 사람으로서 이 예수님과 같이 되어야 합니다. 부디 이렇게 되기를 기원합니다. 어떻게 참으로 사랑을 하는가? 우리는 내게 좋은 사람, 내 마음에 드는 사람을 사랑하고, 잘난 사람을 사랑하기도 합니다. 그러나 이것은 불완전한 사랑입니다. 예수님이 사람을 차별한다면 되겠습니까? 있는 사람, 없는 사람을 차별하시면 예수님이겠습니까? 마찬가지로 인종, 피부색으로 차별하시겠습니까? 아닙니다.

예수님의 사랑은 그것을 초월합니다. 원수까지도 사랑하라고 하셨습니다. 승화된 사랑입니다. 이것이 완전한 사랑이요, 영원한 생명을 주는 사랑입니다.

삼위일체대축일 미사, 1978. 5. 21

세상을 구하는 사랑

우리의 연약함이, 우리의 가난이, 우리의 죄가 하느님을 사람이 되게 하셨습니다. 그만큼 하느님은 우리를 사랑하시기 때문입니다.

인간 사이에서는 이렇습니다. 부자가 빈자를 동정은 할 수 있으되 부자로 있는 한 가난한 자의 동료나 형제, 생사를 함께 나눌 만한 벗은 될 수 없습니다. 영국의 에드워드 8세는 평민과의 사랑을 위해서 자기 왕관을 벗었습니다. 가난한 사람을 인간으로 진실히 사랑하고 구하기 위해서는 가난한 자의 가난과 고통을 나눌 만큼 그와 같은 처지에서 그 가난한 자와 한 몸, 한마음이 될 만큼 가난한 사람 속에 들어가야만 비로소 가능합니다.

부자가 자신의 소유를 다 내놓고 비워야 가난한 자를 구할 수 있습니다. 아시시의 성 프란체스코는 자기 재산이나 사회적 지위 등 모든 것을 버리고 거지가 되었습니다. 마찬가지로 죄인을 구하기 위해서도 죄인의 처지를 이해할 만큼, 그 번뇌와 어두움을 함께 나눌 만큼 — 죄 자체를 빼놓고는 — 같은 비참 속에 들어가야 합니다.

그렇지 않으면 진실히 빈자나 죄인을 사랑한다고 말할 수 없습니다. 뿐더러 그를 대신해서 죄의 짐을 질 수 없습니다. 죄의 짐을 지려면 — 스스로는 죄 없으면서도 — 죄인과 같이 되어야 합니다. 이 같은 사랑의 이치가 하느님이신 분으로 하여금 죄를 빼놓고는 우리와 똑같은 인간이 되게 하였습니다.

하느님은 당신의 본질을 모두 비우시고 종의 모습을 취하셨습니다. 그래서 복음도 "하느님이 세상을 극진히 사랑하신 나머지 당신 외아들을 보내시어 사람이 되게 하셨다"고 하였습니다.

결국은 우리 인간에 대한 하느님의 사랑이 너무나 극진하시고 우리와 하나가 되기 위해서 — 하나가 됨으로 우리를 궁극에는 당신과 같은 신적 생명을 누릴 수 있게 하기 위해서 — 먼저 하느님 편에서 당신 것을 인간에게 다 내놓으시고 가난한 자로 인간이 되어 오신 것입니다. 우리가 가난하기에 가난한 자가 되셨고, 우리가 죄의 번뇌 속에 빠져 있기에 당신 자신은 죄 없으시면서 죄인과 같이 되셨습니다. 그래서 죄인으로 죽으셨습니다. 뿐더러 지옥에 갇힌 분들을 건지기 위해 죽으신 다음에는 거기까지 내려가셨습니다. "고성소에 내리사"는 본시 지옥에 가셨다는 뜻입니다.

세상은 진실히 이 같은 사랑만이 참으로 구원할 수 있습니다. 남을 살리기 위해 자기 생명까지라도 내놓는 그 사랑만이 세상을 구할 수 있습니다.

그리스도는 이 사랑으로써 미움을 물리치고, 다툼이 있는 곳에는 용서를, 분열이 있는 곳에는 일치를, 불신이 있는 곳에는 믿음을, 거짓이 있는 곳에는 진리를, 절망에는 희망을, 어두움에는 빛을 심으셨습니다. 슬픔이 있는 곳에는 기쁨을 주셨습니다. 그 때문에 봉사받기보다는 봉사하시고 사랑받기보다는 당신을 버리고 죽으실 만큼 사랑하셨습니다.

성탄절 자정 미사, 1978. 12

사랑이 영성의 핵심

예수님은 참으로 인간의 마음으로 생각하고 사랑하셨습니다. 그분은 진실로 가난한 이, 고통 받는 이, 버림받은 이와 하나 되실 수 있습니다. 그만큼 그들을 사랑합니다. 우리는 예수님이 사람이 되심으로 우리와 일체가 되시고, 가난한 이, 고통받은 이, 버림받는 이와 일체가 되시는 그 사랑의 영성을 배워야 하겠습니다.

사랑이 영성의 핵심이고 내용임은 〈고린토전서〉 13장의 말씀에서 볼 수 있습니다. "사랑이 없으면 하느님에 대한 오묘한 지식도, 기막힌 언변도, 기적도, 헌신도 소용이 없습니다."

샤를 드 푸코(Charles de Foucauld)는 '만인의 형제'라고 불리고 있습니다. 그 이유는 그가 바로 이 예수님의 이 사랑으로 사람을 사랑하였기 때문입니다.

수도자신학원 졸업 미사 강론, 1984. 12. 17

인간의 길

영원하신 분께서 나를 초대하셨다는 데 인간의 길에 대한 근원적인 실마리가 있습니다. 인간은 육체적인 존재일 뿐만 아니라 정신적 가치를 가진 존재로서 갈증과 굶주림을 갖게 마련인데, 이 갈증과 굶주림을 채워나가는 것이 인생의 길이라 하겠습니다.

인생의 길에서 두드러진 것은 사랑입니다. 인간은 사회적인 존재이기 때문에 이웃과 더불어 살아야 할 독립적 존재인 것입니다. 따라서 "네 마음을 다하고 목숨을 다하고 생각을 다하여 주님이신 너의 하느님을 사랑하라"는 계명과 "네 이웃을 네 몸같이 사랑하라"는 계명은 하느님 사랑과 이웃 사랑이 근본적으로 하나라는 것을 알려줍니다.

우리 인생의 길은 마음으로 하느님을 사랑하고 진리와 정의를 사랑하여 내적으로 풍요로워져야겠지만 이 모든 것은 인간 공동체 안에서 이룩할 수 있는 것입니다. 따라서 하느님을 사랑하며 이웃을 사랑하는 것이 바로 인간의 길이라 하겠습니다. 우리는 누군가 빛을 밝혀주기를 바라지 말고 각자가 사랑의 등불을 밝혀야 합니다.

성바오로여자수도회 주최 토요문학강좌 1백 차 기념 강연,
〈가톨릭시보〉, 1982. 2. 24

참된 자기실현은 그리스도의 사랑을 통해서

사람이 자신을 비우고 버리면서 남을 위하고 남을 사랑하고 사회와 나라, 세계를 위해서 봉사할 때 그것은 얼핏 자신을 잃는 것 같지만, 사람은 자기 포기, 그 사랑을 통해서 오히려 참된 사람이 됩니다. 참된 자기가 된다는 뜻입니다.

우리 역시 자신보다는 남을 더 생각하고, 참으로 남을 위해 봉사하는 사람, 남을 자기 자신같이 사랑하는 사람, 그런 사람을 훌륭한 인간으로 존경합니다. 마더 테레사 같은 분은 가난한 이들을 위해 전적인 헌신을 하기 때문에 성녀(聖女)라고까지 합니다.

자기 성취란 이와 같이 전적인 사랑으로 남을 위해 사는 데 있습니다. 이것이 곧 그리스도를 닮는 길, 사랑의 길입니다. 또한 참된 인간, 참된 자기가 되는 길입니다. 그래야만 우리는 참된 생명을 얻습니다. 오늘 복음에서 다시 "사람이 세상 모든 것을 다 얻는다 해도 자기 목숨, 즉 생명을 잃으면 무슨 소용이겠느냐?"고 하셨습니다.

오늘 학생 여러분이 영세를 하는 것은 이 생명을 얻음으로써 참인간, 참자기가 되기 위해서입니다. 여러분, 부디 예수 그리스도를 날로 깊이 알고, 본받고, 사랑함으로써 참된 인간이 되십시오. 사랑의 인간, 믿음의 인간이 되십시오.

세례성사, 계성여고, 1983. 9. 8

참사랑에는 희생이 따른다

오늘날 우리에게는 돈도 필요합니다. 경제 발전도 중요합니다. 그러나 인간다움, 인간다운 정신과 사랑은 더욱 중요합니다. 여기에 여러분은 공감하실 것입니다. 하지만 결국 우리는 어떤 가치관으로 삽니까? 사랑도 돈도 함께 있으면 더욱 좋다는 계산적 가치관은 아닌지 모르겠습니다.

왜냐하면 참사랑에는 희생이 따르게 마련인데 그 희생에 대한 각오, 벗을 위해서라면 어린 자식을 위해서라면 나의 목숨이라도 바칠 수 있다는 그 정신이 우리에게 너무나 희박하기 때문입니다. 여러분은 이 사회의 인간 회복을 무언중에 절규합니다. 정치, 경제, 교육 모든 것이 인간 위주가 되기를 간절히 희구합니다.

그렇다면 벗을 위한 사랑 때문에 십자가 위에 죽으신 그리스도의 사랑을 깊이 음미해볼 필요가 있다고 믿습니다. 그리스도는 바로 그 사랑에 죽었기 때문에 그 사랑에 의해 부활했습니다. 부활하여 모든 인간의 구원, 모든 인간의 부활과 불멸의 생명의 원천이 되셨습니다.

목요특강, 국민대학교, 1995. 9. 14

어둠과 빛

마음은 결코 힘으로 정복할 수 없습니다. 사랑으로 정복합니다. 가장 큰 사랑은 남을 위해, 사람들을 구하기 위해 자기를 희생하고 목숨을 바치는 것입니다. 그리스도는 바로 이 사랑의 길을 겸손하게 가셨습니다.

암흑은 빛을 싫어합니다. 왜냐하면 빛이 밝으면 암흑은 사라지고 말기 때문입니다. 그리스도는 진리의 빛, 정의의 빛, 사랑의 빛 자체였기 때문에 암흑의 세상은 도저히 이를 용납하지 못합니다. 그래서 그들은 예수님을 십자가에 못 박았습니다.

그러나 예수님은 부활했습니다. 진리는 죽지 않습니다. 정의는 꺾이지 않습니다. 사랑은 가시지 않습니다. 죽음보다도 강한 것이 사랑입니다. 세상은 결코 물리적 힘으로 구원되지 않습니다. 진리와 정의와 사랑으로써 구원됩니다.

예수수난주일 미사, 1976. 4. 11

원수까지도 사랑하는 기도

예수님은 원수까지도 사랑하라고 하셨습니다. 예수님은 과연 십자가에서도 원수까지 용서하시고 사랑하셨습니다. 참으로 이 같은 사랑만이 오늘 세상의 모든 문제를 해결할 수 있고, 또 세상을 구원할 수 있습니다.

저는 오늘 마침 앤서니 블룸(Anthony Bloom)이 쓴 《살아 있는 기도》라는 책에서 다음과 같은 뜻깊고 아름다운 기도를 읽고서 이것이 오늘날 우리 모두의 기도가 돼야 하겠다고 생각했습니다. 이 기도는 2차대전 시 독일 나치의 강제노동수용소 안에서 한 유대인이 쓴 것입니다.

악한 이에게 평화를 주소서! 모든 복수심과 증오와 보복하고자 하는 욕구가 종말을 고하게 하소서! 죄악이 모든 척도를 능가하고 있으며, 인간의 이해심은 더 이상 이들을 다스릴 수 없습니다. 순교자들이 너무나 많습니다. 주여, 당신의 공정한 저울 위에서 그들의 고통을 재지 마시고 박해하는 사람들에게 무시무시한 셈에 의한 정확한 고통을 주지 마옵소서, 이들에게는 달리 보답하소서! 사형을 주관하는 사람들, 반역자, 모든 악한 인간들에게는 용기와 영적인 힘과 겸손과 위엄과 끊임없는 내적인 노력과 회상과 눈물을 거두는 미소와 죽음, 아니 가장 연약한 순간에도 남아 있을 수 있는 사랑을 마음에 내려주십시오. 오, 주여! 이 모든 것들이 당신 앞에 죄의 관용을 위해 놓여지고, 악이 아닌 선을 고려해주십시오! 그리고 저희들은 적대감을 가진 자들의 기억 속에서 회한으로서가 아니라, 또한 악몽이나 유령으로서가 아니라, 그들이 범하는 죄악에서 벗어나려 할 때 도움을 줄 수 있는 자 되게 하소서! 저희가 원하는 것은 아무것도 없습니다. 이후에는 저희로 하여금 사람으로서 사람 중에 살 수 있도록 해주시고, 우리의 가난한 정상(情狀)에도 선한 자와 악한 자에게 평화가 오게 해주소서!

아름다운 기도입니다. 원수까지도 사랑하는 기도입니다. 이 같은 사랑을 우리는 차차 익혀가야 하겠습니다.

사도 바오로의 말씀대로 "사랑은 모든 것을 덮어주고 모든 것을 믿고, 모든 것을 바라고 모든 것을 견디어냅니다. 사랑은 가실 줄을 모릅니다." 이 같은 사랑이, 사랑 자체이신 주님께서 여러분과 함께 계시기를 빕니다.

3·1절 기념 기도회 사건으로 불구속 입건된 신부님들을 위한 기도회,
《사목》 45호, 1976년 5월호

행복은 사랑의 연대 안에서

우리는 이웃을 위하고 사랑하라는 말을 자주 듣습니다. 그런데 어떻게 사랑해야 합니까?

자기 자신을 사랑할 줄 알아야 합니다. 자신이 지닌 생명의 신비, 인격의 존엄성을 깊이 인식하고, 더 나아가 하느님의 사랑을 내가 얼마나 받고 있는지 깊이 깨달아서 자신의 귀함을 알고 사랑할 줄 알아야 합니다. 진정한 자기애는 결코 자기도취가 아닙니다.

그럴 때 — 즉 자신의 귀함을 알고 사랑할 줄 알게 될 때 — 우리는 남 안에 있는 그 생명의 존엄, 인격의 존엄을 인식하고 존경하고 사랑할 줄 알게 됩니다. 그리고 인간의 완선은 이웃을 향해 마음을 여는 데 있습니다. 이웃을 향해 마음의 문을 닫는 사람은 불행하고 여는 사람은 행복합니다.

졸업 미사, 성심여대, 1981. 2. 27

사랑의 사람 마더 테레사

문자 그대로 그리스도의 사랑을 사신 분이 테레사 수녀님이었습니다. 그래서 이 수녀님을 잃고 온 세계, 온 인류는 사랑 자체를 잃은 것 같은 슬픔을 느끼지 않을 수 없습니다. 그리고 우리는 이분의 삶에서, 또 이분의 죽음을 깊이 애도하는 사람들의 마음에서 가장 소중한 것은 역시 '사랑'이라는 것을 더욱 깊게 깨닫게 됩니다.

〈고린토전서〉 13장의 말씀처럼 사랑이 없으면 천국의 신비를 아는 지식도, 천사의 언변도, 산을 옮기는 믿음도 소용없습니다.

16년 전인 1981년 테레사 수녀님이 처음 한국에 오셨을 때, 어떤 기자가 수녀님께 이런 질문을 던졌습니다. "왜 오늘 같이 물질적 발전이 큰 시대에도 가난한 자들의 문제가 있습니까?" 이에 수녀님은 "그것은 우리가 사랑으로 나누지 않기 때문입니다"라고 하셨습니다.

기자는 이어서 "가난의 문제는 어떻게 해결될 수 있겠습니까?" 하자, 수녀님은 간단히 "서로 사랑하고 나누면 가난의 문제는 해결될 것입니다"라고 하셨습니다.

얼마나 분명한 답입니까? 가난뿐 아니고, 인간 사이 또는 나라 사이의 갈등과 분쟁도, 우리나라의 통일까지도 사랑의 정신으로 산다면 해결될 것입니다.

우리는 가신 수녀님을 추모하고 그분을 위해 기도하면서, 동시에 우리 자신도 이분을 본받아 사랑의 사람이 될 수 있도록 기도해야 하겠습니다.

고 마더 테레사 추모 미사, 명동대성당, 1997. 9. 10

사랑 때문에 가난한 자가 되신 예수님

내가 오늘 저녁에 이 동네에 온 이유가 뭔지 알겠어요? 이런 동네를 우리말로 뭐라 하지요?

"달동네요."

여기 오면서 보니까 달동네에 달이 둥그렇게 떠 있어요. 그래서 진짜 달동네구나 하고 실감을 했어요. 제가 성탄절 밤에 여기에 온 것은 우리 꼬마 친구들하고 이야기한 대로 오늘 저녁에 태어나신 그 예수님이 무슨 부자촌이나 궁전에 나신 분이 아니고, 조그마한 마구간에서, 아주 가난한 속에 가난한 사람을 위해서, 여러분처럼 이 인생살이에 고통을 겪고 있는 사람들을 위해서, 또 실망과 좌절에 빠져 있는 사람들을 위해서 그런 사람들을 위해서 예수님이 이 성탄에 오셨기 때문에 제가 오늘 저녁에도 어딘가 가서 — 물론 명동성당에서도 이때 12시에 미사를 드리겠지만 — 몇 해 전부터 예수님이 성탄하신 그 의미에 잘 맞는 곳을 찾아다니면서 미사를 드려왔어요.

예수님은 우리 가운데 아주 가난한 사람으로 나그넷길에서 집도 절도 없이 그런 상태에서 태어났습니다. 그 후에 예수님은 어떻게 사셨나요? 부잣집에서 사셨나요?

"아니요."

가난하게 사셨지요? 성경 이야기 듣지요? 성경 안 배워요?

"배워요."

예수님이 한번은 이런 말씀을 하셨어요. '여우는 들어갈 굴도 있고 하늘에 나는 새는 깃들일 집이 있어도 나는 머리 둘 곳이 없다.' 우리 여기 꼬마 친구들 머리 둘 곳 없니? 잘 곳 있지?

"네."

집 있지?

"네."

그런데 예수님은 잘 집도 없다. 그러니까 여러분보다도 더 가난했어요. 예수님은 참으로 그렇게 가난하게 사셨을 뿐만 아니라 평생을 가난하게 사셨고, 또 가난한 모든 사람들, 병든 이, 버림받은 이, 혹은 세상에서는 죄 있다고 멸시받는 사람들, 이런 사람들과 예수님은 벗이 되다시피, 그렇게 함께 사셨습니다. 그래서 그는 드디어, 예수님이 어떻게 돌아가셨지요?

"십자가에 못 박혀 돌아가셨어요."

예수님이 뭘 잘못했나요?

"아무 잘못이 없고 우리를 구하기 위해서요."

우리를 죄에서 구하기 위해서 아무 죄도 없는 분이 마치 죄인처럼, 죄인 중에도 대죄인처럼, 반역죄인처럼 그렇게 십자가에 참혹히 처형되었습니다. 아까 말한 대로 하느님의 아들이신 분이, 하늘만큼 높으신 분이, 이 세상 어떤 임금보다도 더 높으신 분이, 어떻게 해서 이렇게 가난하고 비천한 자 되셨습니까? 마지막에는 대죄인처럼 그렇게 죽으셨는가, 그 이유는 무엇인가, 그 이유는 뭔가요? 우리를 위해서, 우리를 사랑하시기 때문에, 우리를 정말 사랑하시기 때문에, 우리를 한없이 사랑하시기 때문에, 예수님은 그렇게 스스로 가난한 자, 죄인과 같은 존재, 비천한 존재가 되셨습니다.

우리가 누구를 사랑한다면 내가 사랑하는 그 사람과 같은 처지에 있기를 원해서, 고통을 겪고 있으면 그 고통을 나누고 싶을 것이고, 내가 사랑하는 사람이 어떤 궁지에 빠져 있으면 그 궁지에 빠져 있는 것을 구해내기 위해서 아마 나는 위험도 무릅쓰고, 경우에 따라서는 내 생명을 바쳐서까지 그 사랑하는 사람을 거기에서 건져낼 것입니다.

아까 여기 어떤 학생이 말했듯이, 우리를 죄에서, 또 죄로 말미암아 죽음에서 우리를 구원하기 위해서 예수님은 하느님의 아들이신데 그 하늘의 영광을 다 버리시고 사람이 되어 오셨고, 그렇게 가난한 자로 사셨고, 그렇게 죽으셨습니다.

그런 예수님이 오늘 이 땅에 다시 오신다면 어떤 사람을 가까이하시겠습니까? 돈 많은 사람을, 권세 있는 사람을 예수님이 가까이하시겠어요? 아니지요. 교만하고 이기적인 사람을 예수님이 가까이하실까요? 아니요. 아니지요. 예수님이 가까이하실 사람들은 오늘도 가난한 이, 굶주린 이, 병든 이, 허기진 이, 버림받은 이, 소외된 이, 우는 사람, 실망하고 좌절한 사람들, 이런 사람들을 가까이하실 것입니다.

이 예수님의 사랑을 보면 예수님에게는 어떤 존재도 어떤 인간도 보잘것없다든지, 가치 없다든지, 쓸모없다든지, 희망 없다든지 하는 그런 존재는 없습니다. 예수님은 바로 그런 사람을 제일 사랑하시기 때문입니다.

예수님 앞에서는 아무도 어떤 사람도 예를 들면 불구자, 장애자, 혹은 그 이상의 어떤 병에 걸려서 형편없는 존재로 보이는 사람일지라도, 심지어 도덕적으로 윤리적으로 타락해서 인간 세계에서는 쓰레기같이 보이는 존재일지라도, 그래도 예수님한테는 의미가 있다. 절대로 쓰레기가 아니다.

그런 존재까지도 예수님은 기어이 구해냈습니다. 그만큼 사랑을 가진 분이십니다.

이렇게 볼 때 예수님은 참으로 모든 사람의 구원 되신 분이시고, 그다음에 모든 이에게 희망을 주시는 분, 어떤 처지에 놓여 있든지, 절망적인 처지에 놓여 있는 사람에게도 희망을 주시는 예수님, 그분은 참으로 모든 사람의 모든 어두움을 밝혀주시는 빛이신 분이시고, 어떻게 살면 좋을지 모르는 헤매고 있는 사람들에게 길이 되어주시는 분이시고, 무엇이 옳고 그른지 판단을 하지 못하는 사람들에게 진리가 되어주시는 분이시고, 그분은 모든 일을 죽음에서 다시 살리는 부활이 되신 분, 생명이 되신 분이시고, 바로 이런 분이 오늘 저녁에 우리가 드리는 이 미사에 탄생하십니다. 정말 아니 기쁠 수가 없지요.

정말 오늘 저녁은 기쁜 저녁, 우리의 희망되시는 분, 우리를 밝혀주시는 빛이 되시는 분, 우리를 살리는 구원이 되시는 분, 우리를 죽음에서 다시 살리는 부활이 되시는 분, 그런 분이 이 저녁에 가난한 자로, 모든 이의 벗으로 탄생하셨기 때문입니다.

성탄 전야 미사, 봉천동 작은자매유아원, 1988. 12. 24

우리의 형제가 되신 예수님

예수님이 손을 대시거나 한마디 말씀으로 나병 환자 등 모든 병자를 고쳐주신 얘기가 복음에 나옵니다.

예수님께서 지니신 병 치유의 능력은 마술사가 부리는 마술과 같은 것입니까? 아닙니다. 예수님의 능력은 사랑입니다. 당신 전체를 그 병자에게 내어주시는 사랑으로써 그 병자와 고통을 나누고, 그와 하나가 되는 사랑으로써 예수님은 모든 병자의 고통을 치유해주셨습니다.

예수님은 사랑 자체이신 하느님이 세상을 극진히 사랑하시어 보내신 하느님의 외아들이시며, 그분 자신 역시 사랑 자체이신 하느님이십니다. 그리하여 당신 자신의 신성(神性)을 비우시고 낮추셔서 우리와 똑같은 우리 중의 하나가 되셨습니다. 예수님은 실로 모든 인간의 형제, 우리의 형제가 되셨습니다.

소록도에는 두 분의 오스트리아 여성이 간호원으로 나환자들에게 20년 넘어 30년 가까이 봉사하고 있습니다. 그곳 환자들은 오스트리아같이 잘사는 나라의 처녀들이 낯선 나라에 와서 자기들을 위해 평생을 바쳐 봉사하는 일이 너무 고마워서 본인들이 아직 살아 있고 반대하는데도 기념비를 세웠습니다.

또 바로 얼마 전 신문광고에 난 다미안 신부 전기(傳記)의 소개를 보니, 어떤 여성이 '데미안' 이라는 책을 구하려고 했는데 책방 주인이 모르고 다미안 신부 전기를 주었고, 그녀는 이것을 가지고 가서 읽다가 처음에는 자기가 찾던 책이 아니라서 실망했지만 읽어갈수록 나환자들 사이에 들어가서 스스로 나환자가 되어가며 온 생애를 바친 신부님의 성스러운 삶에 감동하였다는 이야기가 나와 있었습니다.

이렇게 사람이 사람에게 전적인 사랑의 봉사를 할 때도 우리는 감동합니다. 그런데 여기 이야기는 사람의 사랑에 대한 이야기가 아니고 하느님의 사랑에 대한 이야기입니다.

오늘 독서에 보면 예수님은 우리와 같은 사람이 되어 오셨을 뿐 아니라 죄가 없으면서도 죄인처럼 요한의 세례를 받으시고, 더 나아가서 모든 이의 죄를 대신 지시고 십자가 죽음으로써 피를 흘리셨습니다. 하느님이 우리 죄 때문에 속죄의 희생양이 되시어 피를 흘리셨습니다. 이 사랑을 우리는 참으로 이해할 수 있습니까? 이것을 증언하는 것은 성령입니다. 증언자가 셋 있습니다. 성령과 물과 피입니다.

올해는 복음화의 해입니다. 바로 이런 예수님을 본받아서 사랑을 살자는 것입니다.

성소후원회 미사, 가톨릭회관, 1991. 1. 11

인간을 하나로 엮는 성령

우리가 이런 하느님의 사랑으로 살 때 우리는 참으로 남을 형제와 같이 사랑할 수 있습니다. 나에게 잘못한 사람도 용서해줄 수 있고, 심지어 원수까지도 용서하고 형제적 사랑으로 받아들일 수 있습니다.

우리는 인간적 사랑만으로는 내가 좋아하는 사람, 나에게 잘해주는 사람, 마음에 드는 사람을 사랑할 수 있지만, 싫은 사람, 더구나 원수를 용서하고 사랑할 수는 없습니다.

그러나 성령은 우리 마음속에 하느님의 사랑을 부어주심으로써 이를 가능케 합니다. 성령은 모든 이들, 인종, 국경, 민족, 언어, 피부색, 사회적 계급 등 모든 차별의 장벽을 무너뜨리고, 사랑으로 하나로 엮는 힘을 가진 분입니다. 그래서 일치의 성령이라고 합니다.

견진성사, 명동성당, 1980. 3. 2

사랑이 없으면

사랑이 꽃피기 위해서는

어떤 죄인도 다 받아주시는 하느님

사랑 안에 살 때 만날 수 있는 분

우리의 짐을 대신 지신 주님

사랑의 전령

예수님의 사랑을 본받는 삶

나눔은 행복의 조건

용기가 부족한 이유

내 이웃을 버려둘 것인가?

이삭을 줍는 마음으로

참된 신앙생활이란

사랑은 살기 위한 선택

사랑의 나눔

사랑으로 하나 되게 하소서

3장

"내가 너희를 사랑한 것처럼 너희도 서로 사랑하여라"

사랑이 없으면

사랑이란 말은 우리 모두가 가장 좋아하는 낱말입니다. 사랑이란 그 낱말은 무언가 감미로움조차 느끼게 합니다. 우리 모두 사랑을 좋아하고, 바라고, 노래하고, 꿈꾸고 있습니다. 그러면서도 누구를 참으로 사랑하는 것은 쉽지 않습니다. 쉽지 않을 뿐 아니라 이기적인 우리 자신을 들여다볼 때 거의 불가능한 것이 또한 누구를 사랑하는 것이라고 느껴집니다.

우리는 그 사랑을 떠나서는 살 수 없습니다. 사랑이 없으면 우리 각자의 삶은 삭막하기 그지없고, 사랑이 없을 때는 우리 가정은 파탄될 수밖에 없습니다. 사랑이 없는 사회는 황무지와 같은 사회이고, 사랑이 없을 때는 자연히 서로 간에 미움이 있을 수밖에 없습니다. 사랑이 없으면 결국 인간 사회란 것은 지옥과도 같습니다. 그렇기에 우리는 아무리 어렵더라도, 또 힘이 들더라도, 어떤 희생이 요구되더라도 우리가 인간으로서 살기 위해서는 사랑하는 것을 알아야겠습니다.

사랑하기 위해서는 하느님이 우리를 어떻게 사랑하셨는지 이것을 깊이 생각하고, 우리에 대한 하느님의 사랑과 자비와 용서가 얼마나 큰지를 깊이 깨달아야 하겠습니다. 이 사랑을 깊이 깨달을 때 우리에게도 남을 사랑하는 것이 가능할 수 있습니다. 또한 우리도 하느님이 우리를 사랑하신 나머지 가신 그 길을, 당신 자신을 비우시고 희생하신 그 길을 갈 줄 알 때 우리에게도 사랑이 가능할 것입니다.

성모마리아 대축일 자정 미사, 명동대성당, 1990. 1. 1

사랑이 꽃피기 위해서는

신앙의 삶이란 구체적으로 무엇입니까? 하느님을 깊이 믿고 사랑하면서 그 사랑 속에서 이웃을 사랑하는 것입니다. 때마침 오늘 제1독서와 복음은 하느님에 대한 사랑과 이웃에 대한 사랑이 가장 중요하다는 것을 말씀하고 있습니다.

사랑은 참으로 중요합니다. 사랑은 우리 육신 생명을 위해서 공기가 절대적으로 필요한 것처럼 인간이 인간으로서 숨쉬며 사는 데 절대적으로 필요합니다. 사랑이 없으면 우리는 사실 살 수 없습니다. 가정에 돈도 있고, 자가용도 있고, 먹을 것이 모두 갖추어져 있다 해도, 가족끼리 서로 사랑하지 않고 미워하여 다투면 어떻게 되겠습니까? 그것은 가정이 아니라 지옥일 것입니다.

부모 자식 간, 부부간, 형제간, 친구 간, 이웃 간에 제일 중요한 것은 서로 사랑하는 것입니다.

사도 바오로는 〈고린토전서〉 13장의 그 유명한 '사랑의 찬가'에서 사랑이 없으면 내가 비록 천사의 말을 한다 해도, 하늘의 온갖 신비를 환히 안다 해도, 모든 지식을 다 가지고 산을 옮기는 믿음을 가졌다 해도 소용이 없으며 나는 아무것도 아니라고 하였습니다.

사랑은 참으로 소중합니다. 사랑에는 물론 남녀 간의 사랑, 성적인 사랑 등도 있습니다. 그러한 사랑은 그 자체가 나쁜 것은 아니지만 이성을 따르지 않을 때, 욕망대로 내맡길 때 사람을 이롭게 하기보다 해롭게 하는 경우가 더 많습니다. 그러나 여기서 말하는 사랑은 남을 위해 자기를 희생할 줄 아는 참사랑을 말합니다. 인간은 누구나 이 참사랑을 살 때 참으로 인간이 됩니다. 그런데 우리는 좀처럼 이 사랑을 실천하지 못합니다. 중요한 이유는 우리 자신이 자기를 버려야 남을 사랑할 수 있다는 것을 깊이 깨닫지 못하고 있기 때문입니다.

어떤 좋은 일도 수고 없이, 또는 노력 없이는 되지 않습니다. 운동선수가 자기와의 투쟁 없이 자신의 위치나 챔피언 자리를 지키지는 못합니다. 학생이 자기와의 투쟁 없이 학교에서 좋은 성적을 낼 수 없고, 부부도 자기와의 투쟁 없이 참된 부부애를 이룰 수는 없습니다.

다음으로 하느님이 우리를 얼마나 사랑하시는지 깨닫는

것입니다. 실로 믿음이란 우리에 대한 하느님의 무한한 사랑을, 특히 예수그리스도를 통하여 드러난 하느님의 우리에 대한 사랑을 깨닫고 믿는 것입니다.

하느님은 사랑 자체이시고, 우리를 사랑에서 창조하시고 사랑으로 구원하십니다. 그분은 우리가 당신을 수없이 배반하고 무수히 죄를 지어도 용서하시고, 오히려 이런 우리를 구원하기 위해서 당신의 외아들을 파견하셨습니다.

하느님의 외아들이신 그리스도는 우리를 위해 자기를 비우시고 낮추시어 사람이 되어 세상에 오시어 십자가에 죽기까지 하신 하느님의 사랑 그 자체입니다. 이것이 우리에 대한 하느님의 사랑입니다. 성체성사에서는 밥이 되시어 우리에게 다가오십니다. 이렇게 한없이 우리에게 당신을 주십니다.

그분은 오늘 제2독서(히브 7 : 23~28)의 말씀대로 언제나 우리를 위해 기도하시고 우리를 위해 당신을 바치시는 사제이십니다. 참으로 하느님은 당신의 모든 것을 우리에게 사랑으로 주십니다. 이 사랑을 우리가 깊이 깨닫는다면, 그리고 깊이 믿는다면 우리도 하느님을 사랑하고 또 이웃을 사랑할 수 있을 것입니다.

견진성사, 대림동성당, 1991. 11. 3

어떤 죄인도 다 받아주시는 하느님

하느님은 사랑이십니다. 우주 만물을 비롯하여 우리를 사랑으로 지으셨습니다. 오늘 제1독서 〈창세기〉에서 보듯이 하느님은 우주 만물을 창조하셨습니다. 빛을 지으시고 낮과 밤, 창공의 별들, 땅 위에 모든 동식물, 그리고 마지막으로 당신의 모습을 따라 우리 인간을 남자와 여자로 지으셨습니다.

하느님은 그 모든 것을 지으실 때, 그때마다 "참 좋다" 하시며 기뻐하셨습니다. 그것은 사랑으로 그 모든 것을 지으셨기 때문입니다. 그중에서도 가장 큰 사랑으로 당신 모습을 닮은 존재로 지으신 것이 우리 인간입니다. 이렇게 만물을 창조하신 하느님, 지극히 능하시고 모든 존재와 생명의 원천 되시는 하느님께서 우리를 지극한 사랑으로 사랑하십니다. 우리에 대한 하느님의 이 큰 사랑을 믿는 것이 믿음입니다.

하느님 아버지는 우리를 사랑하신 나머지 당신 외아들까지 내놓으시고, 외아들 그리스도는 우리를 사랑하신 나머지 당신의 목숨까지 바치셨습니다. 하느님은 우리 인간을 이렇게까지 사랑하십니다. 이 사랑을 믿는 것이 곧 믿음입니다.

주님이 우리를 이렇게까지 사랑하심은 참으로 우리에게 큰 위로가 아닐 수 없습니다. 그런데 우리는 이런 하느님 사랑을 받을 만한 자격이나 권리가 있습니까? 없습니다. 뿐더러 주님은 우리의 못남, 우리의 죄 · 시기 · 질투 · 탐욕 등, 우리 마음의 사악한 심성, 우리의 단점들을 다 잘 아십니다.

그런데도 주님은 우리를 저버리시지 않고 우리를 끝까지 믿으시며 희망을 잃지 않고 사랑하십니다. 나의 모든 잘못과 죄를 다 용서하시고, 당신이 오히려 그 죄의 탓으로 십자가를 대신 지고 속죄의 제물이 되실 만큼 사랑하십니다.

오늘 제2독서에서 사도 바오로는 참사랑이 무엇인지를 아름답게 표현하셨습니다. "사랑은 모든 것을 덮어주고 모든 것을 믿고 모든 것을 바라고 모든 것을 견디어낸다(1고린 13 : 7)"고 하셨습니다. 그것이 바로 하느님의 사랑이요 예수님의 사랑입니다.

우리는 이런 사랑을 세상에서 본 일이 있습니까?

이런 사랑을 참으로 이해할 수 있습니까?

없습니다. 어떤 이는 하느님의 이 절대적인 사랑을 어떻게 표현할 길이 없어서 "하느님은 사랑 때문에 미치셨다"고 했습니다.

성녀 소화 테레사는 이 하느님 사랑을 깊이 믿고 산 대표적 인물입니다. 그래서 성녀는 "내가 비록 가능한 모든 죄를 다 지었다 할지라도 그것은 불타는 용광로에 한 방울 물을 뿌리는 것처럼 생각할 것이다"라고 했습니다. 어떤 이는 "대양같이 넓은 사랑의 바다에 모든 죄가 익사했다"고 말했습니다. 〈로마서〉에서 사도 바오로도 "죄가 많은 곳에는 은총도 풍성하게 내렸습니다"(5 : 20)라고 했습니다.

믿음은 하느님의 이러한 사랑, 그 절대적이요 조건 없는 사랑, 우리의 모든 죄를 용서하시고 못난 우리를 받아주시는 그 사랑을 믿는 것입니다.

믿음의 생활은 무엇입니까? 그 사랑을 사는 것입니다. 십자가의 예수님은 "보아라. 나는 너희를 용서하고 너희 죄를 대신 졌다. 나는 그렇게 너희를 죽기까지 사랑한다. 그러니 너희도 서로 용서하고 서로 받아주고, 서로 가진 것을 나누면서 사랑하여라. 이것이 내가 오직 원하는 것이다"라고 말씀하십니다.

그렇습니다. 그렇게 우리 서로 주님께서 우리를 사랑하신 것처럼 사랑하고, 서로 용서하고 서로 받아주고, 서로 가진 것을 나누는 것이 신앙생활입니다.

젊은이 여러분, 이 예수님을 사랑하고 싶지 않습니까? 이 예수님을 닮고 싶지 않습니까?

여러분은 모두 행복을 원하지요? 행복한 사람이 되기 위해서는 사랑해야 합니다. 사랑하기 위해서는 예수님께서 얼마나 우리를 사랑하시는지 먼저 깊이 깨달아야 합니다. 그리고 그 사랑을 본받아서 이웃을 사랑할 줄 알아야 합니다.

이제 우리는 모두 이 예수님을 본받아 사랑의 사람이 됩시다.

청소년큰잔치 대미사, 올림픽제2경기장, 1996. 1. 20

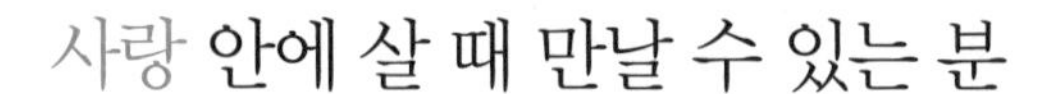

사랑 안에 살 때 만날 수 있는 분

사랑이 있는 곳에 하느님이 계십니다. 또 사랑을 사는 사람 모습에서 — 최귀동 할아버지의 경우나 마더 테레사의 경우에서 보듯이 — 그리스도의 모습을 볼 수 있습니다. 이를 볼 때 사랑을 사는 사람 안에는 그리스도가 계십니다.

이것을 보면, 우리는 하느님과 그리스도를 어떻게 만날까 하고 걱정하지만, 결국 사랑을 살 때 거기에서 그분을 만날 수 있다는 것을 깊이 깨달을 수 있습니다. 더구나 주님은 복음에서 "가장 보잘것없는 자 하나에게 해준 것이 곧 나에게 해준 것이다"라고 말씀하시면서 굶주린 자, 헐벗은 자, 병든 자, 오갈 데 없는 나그네, 감옥에 갇힌 사람, 이런 이들이 당신과 같다고 말씀하십니다.

우리가 이런 이들에게 주님을 사랑하는 마음으로 사랑을

베풀 때, 우리는 거기서 하느님을, 그리스도를 뵈올 것입니다. 그리고 생명과 빛 속에 사는 사람이 될 것입니다. 이것이 곧 성찬의 삶을 사는 것입니다.

주의 공현대축일 미사, 명동대성당, 1990. 1. 7

우리의 짐을 대신 지신 주님

예수님은 참으로 좋으신 분이십니다. 우리를 지극한 사랑으로 사랑하십니다. 그분은 하느님의 사랑에서 우리를 지으셨고 사랑으로 구원해주십니다. 우리 모두의 죄까지도 대신 지시고, 죽기까지 하십니다.

예수님은 모든 사람을 사랑하시지만, 특별히 불행한 사람들, 가난한 사람들, 버림받은 사람들을 더 사랑하십니다. "그런 사람들 하나에게 해준 것이 곧 나에게 해준 것이다"라고 말씀하셨습니다. 그런 사람과 당신을 일치시키신 것입니다.

여러분 한 분 한 분을 예수님은 당신 자신을 사랑하시는 같은 마음으로 사랑하십니다. 예수님이 원하시는 것은 여러분이 모두 당신을 믿고 당신의 말씀을 따르고 사는 것입니다. 그것은 당신이 우리를 사랑하신 것과 같이 우리 서로도 사랑하는 것입니다. 그리하여 예수님을 닮은 사람 되는 것입니다.

사랑하는 여러분, 우리는 이렇게 주님을 본받아 서로 사랑함으로써 행복한 사람들이 됩시다.

효경원 미사, 1997. 12. 23

사랑의 전령

예수님은 기적을 통해서 세상 사람들을 당신께로 충분히 끌어당기실 수 있었는데도 어찌하여 그 길을 택하지 않으시고 십자가의 길을 가셨습니까? 그것은 사랑 때문입니다.

예수님이 기적의 힘으로 사람들을 당신께로 끌어모으셨다고 합시다. 그렇게 하여 왕이 되어 다스리셨다고 합시다. 그러면 사람들은 예수님을 만병통치약 또는 모든 문제의 해결사처럼 생각하고 점점 더 기적을 원하였을 것이고, 마음의 변화는 얻지 못하였을 것입니다.

사람의 마음을 참으로 변화시킬 수 있는 것은 오직 사랑뿐입니다. 벗을 위해서 자기 목숨을 바치는 그 사랑만이 인간의 마음을 진실로 바꾸고, 새사람이 되게 합니다. 바로 그 때문에 예수님은 기적의 힘을 통해서가 아니고, 우리 모두를 위해서 당신을 희생 제물로 바치는 십자가의 길을 가셨습니다. 그 십자가에 죽는 것은 참혹하였고, 억울한 일이었고, 어리석은 일이었습니다. 그러나 오늘날 십자가만큼 우리 마음을, 세상을 밝혀주는 희망의 빛은 없습니다.

하느님이신 분이 우리를 사랑하신 나머지 우리를 구하기 위해서 돌아가시기까지 하셨습니다. 우리는 여기서 우리에 대한 하느님의 사랑이 한이 없고 끝이 없음을 볼 수 있습니다. 그 때문에 그 사랑을 증거하는 십자가는 우리 마음을 참으로 밝혀주고 위로하여줍니다.

진심으로 이웃을 형제처럼 사랑하고, 그 이웃과 함께 기쁨과 슬픔, 고통을 나누면 그 사랑이 많은 사람을 실의에서 일어서게 하고, 많은 사람의 마음의 상처를 고쳐주고, 많은 사람의 어두운 마음을 밝혀줄 것입니다.

우리를 위해 고난 받으신 예수님은 성체성사를 통하여 당신 자신을 먹을 음식으로까지 주십니다. 얼마나 큰 사랑입니까? 주님은 당신의 생명을, 즉 당신 자신을 우리 모두와 나누고자 하십니다. 그렇다면 우리도 무언가 가진 것을, 우리 자신에게 소중한 마음의 것, 사랑을 나누어야 하지 않겠습니까?

빈첸시오 아 바오로회 총회 미사, 1986. 2. 16

예수님의 사랑을 본받는 삶

그리스도인이란 바로 예수님을 닮는 사람입니다. 무엇보다도 그리스도인은 먼저 우리를 위해 돌아가시기까지 하신 그 예수님의 사랑, 동시에 그 예수님 그리스도를 통하여 드러난 우리에 대한 하느님의 사랑, 나 자신에 대한 하느님의 그 끝없는 사랑을 깊이 믿는 사람이어야 합니다.

신앙이란 다른 것이 아닙니다. 그것은 하느님이 나를 절대적이요 조건 없는 사랑으로 사랑하신다는 것을 믿는 것입니다. 내가 잘나서가 아니고, 하느님은 사랑 자체이시고 아버지이시기 때문에 그분은 모든 인간들, 그리고 '나'를, 죄 많은 '나'를 사랑하신다는 것을 믿는 것입니다.

예수님의 사랑은 거기서 멈추지 않았습니다. 그분은 우리의 밥이 되셨습니다. 성체성사, 즉 성찬에서 당신을 생명의 양식, 먹을 음식으로 주시는 데서 우리는 이것을 잘 볼 수 있습니다. 우리의 밥이 되신 예수님, 당신을 그렇게까지 비우시고 주시는 예수님, 이 예수님의 사랑을 본받고 사는 것이 그리스도인의 성찬의 삶입니다. 그것은 곧 "내가 너희를 사랑한 것처럼 너희도 서로 사랑하여라"고 하신 그 말씀대로 우리 서로 사랑하며 사는 것입니다.

어떻게 살면 이런 삶을 사느냐?

예수님은 복음에서 우리가 어떻게 살아야 하는지를 당신의 삶, 당신의 말씀을 통하여 분명하게 가르치고 계십니다. 그중에서도 〈마태오복음〉 25장 31~46절에서는 이것을 구체적으로 제시하고 계십니다. 그 내용을 요약하면, 우리는 가난한 사람, 굶주리고 목마른 사람, 병자, 감옥에 갇힌 사람, 나그네 같은 사람 등 고통 중에 있고 소외된 사람, 즉 보잘것없는 사람에게 사랑을 실천해야 하며, 이것은 곧 그리스도를 사랑하는 것과 같다고 하신 것입니다.

그럼 우리는 구체적으로 어떻게 이 사랑을 실천할 수 있습니까? 우리는 우리 주변에 아직도 상당수의 가난한 사람이 있다는 사실을 인식해야 하겠습니다. 나라 전체를 보면, 옛날에 가난할 때 있었던 보릿고개가 없어진 것은 사실입니다. 그러나 그런 가운데, 하루하루 먹고사는 데 힘겨워하는 사람, 그 때문에 고통을 겪는 사람이 아직 상당수 있다는 사실을 우리는 잊지 말아야 하겠습니다. 이렇게 가난에 우는 사람들이 있는데, 가진 사람들이 흥청망청 먹고 즐기면 그것이 도리겠습니까? 더구나 그리스도인이 그렇게 하여서는 안 될 것입니다.

또한 요즘 많이 이야기되고 있는 바와 같이, 우리 사회에는 자기 집이 없는 사람, 세입자들의 고통이 너무 큽니다. 이렇게 집이 없기 때문에 고통을 겪는 사람들이 있는데, 가진 사람들이 부동산 투기를 하여 땅값을 올리고, 남이야 죽든 살든 상관없이 자기 이익만 추구한다면 그것이 사람의 도리입니까? 물론 아닙니다. 그렇다면 그리스도인으로서는 그런 부동산 투기로 가난한 사람을 울리는 것은 용납될 수 없는 죄라고 해도 과언이 아닐 것입니다.

이런 시대에 우리 그리스도인은 어떻게 살아야 합니까? 우리는 진정 우리의 가난한 이웃을 향해 마음의 문을 열어야 합니다. 그리고 동시에 우리는 우리의 능력이 미치는 한 가진 것을 나눌 줄 알아야 하겠습니다. 구체적으로 그런 사람들에게 도움을 줄 수 있는 길을 개인적으로나 교회 공동체를 통해서 모색해야 합니다.

그러나 이런 일이 있기 위해서는 우리가 참으로 먼저 이웃을 형제로 볼 줄 알고, 사랑할 줄 알아야 합니다. 예수님의 눈으로 그들을 보고, 예수님의 마음으로 그들을 대해서 사랑할 줄을 알아야 하겠습니다. 예수님은 이미 보아온 대로 모든 사람을, 그중에서도 가난한 사람, 고통 중에 있는 사람, 죄인, 소외된 사람, 억눌린 사람들을 있는 그대로 받아들이셨습니다. 그만큼 당신을 비우셨습니다. 이 점이 중요합니다.

사순절 특강, 명동대성당, 1990. 3. 3

나눔은 행복의 조건

하느님은 사랑이십니다. 우리를 사랑에서 창조하셨고 사랑으로 구원하셨습니다. 하느님은 죄 많은 우리를 구원하시기 위해 모든 것을 다하셨습니다. 아버지이신 하느님은 우리를 구하시기 위해 외아들 그리스도까지 내놓으셨습니다. 그리고 그리스도는 우리를 위해 당신의 몸을 희생 제물로 바치셨습니다.

우리는 나라를 살리기 위해 가진 것을 내놓으면서도, 특히 금 같은 소중한 것일수록 더더욱 아깝다는 마음이 한구석에 있습니다. 그런데 하느님은 우리를 위해 당신의 외아들을, 그 외아들 그리스도는 당신의 몸을 내놓으신 것입니다. 우리에 대한 하느님의 사랑은 참으로 절대적입니다.

우리는 이 사랑을 깊이 묵상하면서 살 때 참으로 행복한 사람이 될 수 있습니다. 그리고 그 사랑을 본받아서 이웃 사랑을 실천할 때, 우리는 참신자가 되고 참인간이 됩니다. 그러므로 우리는 이웃 사랑의 실천을 모든 것에 앞서 해야겠습니다.

주님은 우리를 살리기 위해 돌아가시기까지 하셨는데 우리가 이웃을 위하고 이웃과 고통을 나누며 가진 것을 나누는 일을 왜 할 수 없겠습니까? 고통은 나눌수록 줄어들고 사랑은 나눌수록 많아집니다.

또 그런 사랑을 살수록 나 자신이 참사람이 되고 영원히 살게 됩니다. 오늘 우리가 하고자 하는 '나라 살리기 · 금 모으기' 도 바로 그런 사랑의 실천의 한 본보기입니다. 우리는 그 힘으로 이 난국을 반드시 극복할 것입니다. 그리고 더 아름답고 빛나는 나라로 만들 것입니다.

나라 살리기 · 금 모으기 미사, 논현동성당, 1998. 2. 15

용기가 부족한 이유

우리의 문제는 결국 결심이 안 되는 데 있고, 이행하겠다는 용기의 부족에 있습니다. 그런데 용기는 왜 부족하냐 하면 사랑의 부족 때문입니다.

인간이 정말 이웃을 사랑하면, 우리는 이웃에게 부정이나 부패를 범하지 않을 것입니다. 동시에 사회적 불화나 부정으로 인해 고통을 받는 사람의 처지를 보고도 응시하고만 있지는 않을 것입니다. 사랑의 충동으로 무엇인가 이웃을 돕는 선행을 할 것입니다. 이웃에 대한 봉사를 아끼지 않을 것입니다.

사랑은 죽음보다 더 강하다는 말이 있습니다. 사랑이 있으면 우리는 그것에 정비례해서 용기를 가질 것입니다. 뜨거우면 뜨거울수록 우리는 점차 자기 아성을 무릅쓰는 지대한 용기를 가질 것입니다.

1976. 10. 5

내 이웃을 버려둘 것인가?

이웃 사랑을 우리는 흔히 신자로서 닦아야 할 여러 가지 덕행 중 하나에 불과한 것처럼 생각하기 쉽습니다. 사실은 그렇지 않습니다. 성서적으로 보면, 이웃 사랑은 하느님에 대한 사랑과 함께 계명 중에서도 가장 크고 중심적인 계명입니다. 뿐만 아니라 첫째가는 계명인 하느님에 대한 사랑도 이웃 사랑의 실천 없이는 완성될 수 없습니다.

예수님은 친히 〈요한복음〉 13장 34~35절에서 "나는 너희에게 새 계명을 주겠다. 서로 사랑하여라. 내가 너희를 사랑한 것처럼 너희도 서로 사랑하여라. 너희가 서로 사랑하면 세상 사람들이 그것을 보고 너희가 내 제자라는 것을 알게 될 것이다"라고 하셨습니다.

이웃 사랑은 결코 여러 계명 중의 하나가 아닙니다. 오히려 모든 계명의 중심이요, 완성이며, 그 전부입니다. 이웃 사랑은 하느님에 대한 사랑과 본질적으로 불가분의 관계에 있기 때문에 이것과 대립될 수도 없고, 또 하느님에 대한 사랑을 핑계 삼아 면제될 수도 없습니다. 이만큼 이웃 사랑은 믿는 이들에게는 절대적으로 요청되는 하느님의 계명입니다. 그렇기에 성경은 이웃 사랑을 직접 또는 간접으로 헤아릴 수 없이 많이 다루고 있습니다.

착한 사마리아인의 사랑은 바로 그리스도의 사랑입니다. 또한 그리스도를 통해서 우리에게 드러나는 하느님의 사랑입니다.

이웃 사랑은 '이웃을 내 몸같이 사랑하는 것'입니다. 생각해보면 불가능한 일입니다. 그런데 예수님은 "내가 너희를 사랑한 것처럼 너희도 서로 사랑하여라" 하셨고, "너희 아버지께서 자비로우신 것같이 너희도 자비로운 사람이 되어라"(루카 6 : 36)고 하셨습니다.

이제 우리가 해야 할 일은 사랑의 실천과 아울러 겸손하게 우리의 마음을 하느님의 얼, 성령 앞에 여는 것입니다. 성령이 하느님의 사랑을 우리 마음에 쏟아주시지 않으면 우리는 결코 하늘에 계신 아버지께서 자비로우신 것과 같이 우리도 자비로운 사람이(루카 6 : 36) 될 수 없습니다. 이 사랑은 하느님께로부터 옵니다(1요한 4 : 7). 이 사랑은 하느님으로부터 와서 하느님께로 돌아갑니다. 하느님은 우리의 이웃 안에 현존해 계시기 때문입니다. 그래서 이웃 사랑의 실천으로써 우리는 언제나 먼저 우리를 사랑하시는 하느님의 사랑에 보답할 수 있습니다(1요한 3 : 16, 4 : 19~20).

사순절 특강, 1980. 3. 22

이삭을 줍는 마음으로

이 엄청난 구원의 기쁜 소식을 십자가는 우리에게 무엇보다도 뚜렷하게 말해줍니다. 십자가는 우리를 구원하기 위해서 죽기까지 하시는 그 주님의 사랑, 절대적이요 조건 없는 사랑을 그 어떤 말이나 기적보다도 더 강하게 증거하고 있습니다. 이 사랑의 증거로써 십자가는 우리 마음의 모든 어둠과 죄와 죽음의 어둠에 갇힌 세상을 밝혀주는 빛이 되는 것입니다.

우리는 십자가를 통하여 세상을 밝혀주시고 구하시는 그리스도의 이 빛의 진리를 깊이 깨달아야 합니다. 촛불은 자신을 불태움으로써 어둠을 밝힙니다. 우리도 그렇게 우리 스스로를 이웃에 대한 사랑으로 불태울 때, 그만큼 자신을 비우고 바칠 때 세상의 빛이 될 수 있습니다.

사랑의 봉사는 이렇게 하느님의 현존을 증거하고 무신론

자를 신앙인으로 회개시킵니다. 오늘 우리는 이런 사랑의 증거가 필요합니다.

여러분 종신서원자들이 이런 이삭 줍는 사랑의 마음으로 우리 사회 안에 버림받은 사람들, 가난한 사람들, 멸시와 천대 속에 소외된 사람들에게 사랑의 봉사를 다한다면, 그것이 바로 오늘 여러분이 하는 종신서원을 참으로 사는 길일 것입니다.

샬트르 성바오로수녀회 종신서원 미사, 명동대성당, 1996. 2. 2

참된 신앙생활이란

우리 사회는 여전히 낡은 것, 더러운 것, 썩은 것으로 가득합니다. 왜 그렇습니까? 그것은 인간이 변화되지 않았기 때문입니다. 바로 우리 자신이 변화되지 않았기 때문입니다. 참으로 우리가 우리 마음에서 묵은 것, 낡은 것을 버린다면, 우리 마음 깊은 곳에 자리 잡고 있는 자기중심의 이기주의, 욕심을 버린다면, 그리하여 마음을 열고 남을 사랑할 줄 안다면, 우리는 새사람이 될 것입니다.

오늘 이 미사에 오신 분들에게 사회복지회에서 책을 한 권씩 선물한다며 제게도 《사막의 지혜》라는 책을 보내주었습니다. 어제저녁에 사막에서 기도와 극기로 은수생활(隱修生活)을 하시던 분들의 가르침을 담은 그 책을 좀 읽으니까, 이 책 61쪽에 이런 이야기가 실려 있었습니다.

한 제자가 스승에게 물었습니다.

"두 형제가 있습니다. 그중 한 사람은 자기 암자에서 조용히 지내며 한번에 엿새씩 단식하면서 자기 자신을 엄격히 단련하고 있고, 다른 한 사람은 병자를 돌보고 있습니다. 그들 중 누가 더 하느님 마음에 들겠습니까?"

스승이 대답했습니다.

"엿새씩 단식하는 그 사람이 제아무리 코를 꿰어 스스로를 공중에 매단다 해도 병자를 돌보아주는 사람과 비교가 안 된다."

이 이야기는 참으로 뜻깊은 이야기입니다. 이웃 사랑의 실천이 고신극기(苦身克己)보다 앞선다는 것입니다. 그리스도를 믿는 신자의 참된 신앙생활이 무엇인지를 잘 말해줍니다. 이것은 동시에 인간의 참생활이 무엇인지를 말하는 것입니다.

예수님이 우리에게 남긴 계명은 오직 하나입니다. "내가 너희를 사랑한 것처럼 너희도 서로 사랑하여라."

누구나 사랑은 제일 좋은 것인 줄 압니다. 이것이 없으면 우리는 살 수 없는 줄도 압니다. 그러면서도 우리는 사랑할 줄 모릅니다. 가정에서, 인간관계에서 사랑이 없으면 가정은 지옥입니다. 가정에 사랑이 가득하면 그것은 참으로 더할 수 없이 복된 '복음자리' 입니다.

사회복지회 봉사자 신년 미사, 가톨릭회관 7층, 1993. 1. 28

사랑은 살기 위한 선택

성서에서 '안다' 는 것은 '사랑한다' 는 것입니다. 우리가 만일 그리스도를 참으로 알고자 한다면 그분을 참으로 사랑해야 합니다. 그것이 곧 우리가 하느님께서 우리 앞에 내놓으신 생명과 죽음 중에서 생명을 택하는 길입니다. 그런데 구체적으로 그리스도를 사랑한다는 것은 무엇입니까?

성체성사의 주님, 말씀 속의 주님을 기도 속에 사랑할 뿐 아니라 우리 이웃을, 그중에서도 보잘것없는 이웃 — 주님께서 그들에게 해준 것이 곧 당신에게 해준 것이라고 하신 그 굶주리는 자, 헐벗은 자, 고통 중에 버림받은 자들 — 을 참으로 사랑하는 것이겠습니다. 그 사랑을 사는 것이 곧 우리가 살기 위해 생명을 택하는 일입니다.

예수회 창립 40주년 기념 미사, 서강대학교, 1995. 7. 31

사랑의 나눔

나누면서 살면 우리의 삶은 사랑으로 풍요로워질 것입니다. 사랑은 나눔으로 많아지고 고통은 나눔으로 적어집니다. 그렇기에 나누면 나눌수록 우리 자신과 우리 이웃의, 우리 사회의 고통은 줄어들 것입니다. 그만큼 사랑은 많아질 것이고 그렇게 많아진 사랑은 많은 이들을 고통에서 건질 것입니다. 많은 이들을 실제로 병고에서 구해줄 수 있고 많은 이들의 영육 간의 상처를 낫게 할 수 있을 것이고 미움과 불안을 없애고 다툼과 분열을 소멸시킬 것입니다. 모두를, 우리 사회가 안고 있는 숙제라고도 할 수 있는 지역감정이라든지 빈부 격차라든지 세대 간의 차이라든지 하는 그 모든 것을 초월해서 화해와 일치로 인도해 갈 것입니다.

사랑이 있는 곳에는 하느님이 계십니다. 하느님이 계시기에 구원과 생명이 있습니다. 사랑으로 나누는 사람은 이 때문에 하느님 안에 살고 따라서 그분과 생명 안에 살게 됩니다. 그러므로 사랑으로 나누는 신자 공동체 본당은 참으로 하느님의 생명으로 충만해질 것입니다. 그런 본당은 활기찰 것이고, 전교도 잘될 것이고, 냉담자도 줄어들 것이고, 그 본당은 참으로 그 사회 속에서 그 이웃을 밝히는 사랑의 등불이 될 것입니다. 이웃의 고통을 덜어주고 슬픈 얘기를 할 때 위로를 주고 많은 사람들에게 평화를 주는 그런 샘터 역할을 할 것입니다. 교구도 마찬가지일 것입니다.

이렇게 볼 때 사랑을 나누는 것은 정녕 인간이 인간답게 사는 것을 말하는 것이고 그리스도를 닮은 사람으로서 참된 신앙을 사는 것을 뜻합니다. 반대로 사랑의 나눔이 없을 때는 거기에 물론 사랑이 없고 사랑이 없으면 생명이 없습니다. 사랑이 없기 때문에 서로 미워할 수밖에 없고, 서로 시기와 질투로 분열과 대립을 자아낼 수밖에 없습니다. 결국 누구와도 나눌 줄 모르는 자기 폐쇄적 이기주의가 우리에게 가져다주는 것은 죽음밖에 없습니다.

성체대회 감사 및 성 스테파노 축일 미사, 명동대성당, 1989. 12. 26

사랑으로 하나 되게 하소서

그리스도를 닮는다는 것은 구체적으로 무엇을 뜻합니까? 사도 바오로는 〈필리피서〉에서 “예수께서 지니셨던 그 마음을 여러분도 간직하십시오”라고 말씀하셨습니다. 예수님의 마음과 같은 마음을 가지라는 것입니다. 그것은 곧 예수님처럼 모든 이를 사랑하는 마음입니다. 모든 이들, 특히 가난한 이들, 병든 이들, 약한 이들, 세상에서 푸대접받는 모든 이들을 사랑하고, 자기 마음에 들지 않는 사람, 반대자, 원수까지도 용서할 수 있는 사랑과 자비의 마음을 가지라는 것입니다.

예수님은 우리에게 “내가 너희를 사랑한 것처럼 너희도 서로 사랑하여라”라고 말씀하셨습니다. 우리가 예수님처럼 사랑한다? 불가능해 보입니다.

그러나 우리가 하느님의 얼이시요 그리스도의 얼이시기도

한 성령의 인도를 따라서 살 때 바로 그 성령에 힘입어 우리는 남을 참되게 사랑할 수 있고, 원수까지도 용서하며, 온 세상을 가슴에 품을 만한 큰 사랑으로 살 수 있습니다.

그래서 〈로마서〉 5장 5절에 보면 우리는 언제나 큰 희망 속에 살 수 있는데, 그 이유는 우리가 받은 성령께서 우리의 마음에 하느님의 사랑을 부어주셨기 때문이라고 했습니다. 그래서 이미 구약성경 〈에제키엘서〉에서는 성령은 돌과 같은 우리 마음을 살과 같은 부드러운 마음으로 바꾸어주실 것이라고 하셨습니다. 남을 남김없이 사랑하기 위해서는 이타적이 되어야 하고, 자기가 죽어야 합니다.

견진성사, 홍제동성당, 1981. 9. 6

가정을 사랑의 공동체로 만들려면
신랑이 신부를 반기듯
효는 하느님 사랑에 대한 응답
사랑의 출발점인 가정
사랑의 등불
결혼을 후회한 적 없습니까?
하느님의 사랑을 실천하는 가정
사랑은 의지와 은총의 늪에서 피는 꽃
사랑은 결심입니다
부부의 기쁨이 곧 세상의 평화
목숨 바쳐 지켜야 할 사랑

4장

사랑의 출발점은 가정입니다

가정을 사랑의 공동체로 만들려면

인도 빈민가의 어머니 테레사 수녀님은 "가정은 자애가 깃든 보금자리, 무한히 서로 용서하는 곳이 되게 해야 합니다. 오늘날은 모두가 매우 바쁜 나날을 보내고 있습니다. 더 큰 발전, 더 많은 부(富)를 더 더 하면서 찾고 있습니다. 어린이들은 부모와 함께 지내는 시간이 거의 없으며, 부부는 자기들 서로를 위한 시간조차 낼 수 없는 형편입니다. 세계 평화의 붕괴는 이같이 가정에서부터 시작합니다"라고 말했습니다.

신자 가정은 세포교회요, 하느님 백성의 일치의 기초입니다. 가정의 화목이 깨진 곳에 하느님 백성의 일치를 기대할 수 없습니다.

그런데 가정이 사랑의 공동체가 되기 위해서는 먼저 부부가 서로 진정으로 사랑해야 합니다. 사도 바오로의 말씀대로 남편 된 사람들은 "그리스도께서 교회를 사랑하셔서 당신의 몸을 바치신 것처럼" 자기 아내를 사랑하고, 아내 된 사람도 자기 남편을 같은 정신으로 사랑하고 존경해야 합니다(에페 5 : 21~33).

신자 부부는 자신들의 사랑의 일치를 위해서 돌아가신 그리스도를 생각하며 함께 기도함으로써 그분 안에 깊이 결합되어야 합니다. 그렇게 부부가 같이 그리스도 안에 기도로써 하나가 되어 살 때, 그 가정은 행복하고 성화될 것입니다.

사순절 메시지, 1980. 2. 20

신랑이 신부를 반기듯

본래 한 남자와 한 여자가 서로 사랑함으로써 맺어지는 혼인은 참으로 두 사람을 한마음, 한 몸이 되게 하는 것입니다. 혼인으로 맺어진 부부간의 일치는 하느님께서 이루어주시는 것입니다. 하느님께서 맺어주신 이 혼인은 사람이 함부로 풀 수 있는 것이 아닙니다. 정녕 혼인은 조건 없는 사랑을 전제로 합니다. 혼배성사에서 신랑과 신부가 서로 나누는 약속의 말을 보면 이를 잘 알 수 있습니다.

"나 아무개는 당신을 나의 아내, 또는 남편으로 받아들여 즐거울 때나 괴로울 때나 성하거나 병들거나 일생 당신을 사랑하고 존경하며 신의를 지키기로 약속합니다." 참으로 언제나, 어떤 처지에서나 평생토록 사랑하겠다는 약속입니다.

얼마나 성스럽고 아름다운 사랑입니까? 누가 우리를 그런 사랑으로 사랑한다면 그것은 진정 얼마나 감동적인 것이겠습니까? 그것은 참으로 우리를 새롭게 만들고 기쁨으로 가득 차게 할 것입니다.

그런데 오늘 제1독서(이사 62 : 1~5)에서 읽은 이사야의 말씀은 하느님이 당신 백성 이스라엘을 이런 사랑으로 사랑하신다는 것입니다.

구약성서를 보면 이스라엘 백성은 하느님의 선민으로서, 하느님께 특별한 은혜를 입은 백성이면서도, 그리고 하느님의 사랑과 신의의 바탕 위에서 굳은 약속을 맺은 백성이면서도 자주 그것을 지키지 않고 하느님을 배반하고 있습니다. 구약성경의 〈호세아서〉, 〈에제키엘서〉를 보면 이스라엘은 하느님께 부정한 아내와 같았고, 뿐더러 창녀와 같이 자기 몸을 파는 여자, 그 때문에 버림받고 죽어 마땅한 여자와도 같았습니다. 그런데도 하느님은 그런 이스라엘을 버리지 않으시고 다시 구원하십니다.

오늘 제1독서를 보면 하느님은 이런 이스라엘을 버리시지 않으실 뿐 아니라 다시 그들을 정결케 만드시고 그들에게서 정의가 동터오고 횃불처럼 타오르게 하십니다. 그렇게 아름답게 꾸미시고는 "다시는 너를 버림받은 여자라 하지 아니하고 너의 땅을 소박데기라 하지 아니하리라. 이제는 너를 사랑하는 나의 임이라 하고 너의 땅을 내 아내라 부르리라. 씩씩한 젊은이가 깨끗한 처녀를 아내로 맞이하듯 너를 지으신 이가 너를 아내로 맞으신다. 신랑이 신부를 반기듯 너의 하느님께서 너를 반기신다."

이스라엘에 대한 하느님의 지극한 사랑은 곧 모든 인간에 대한 하느님의 사랑과 자비입니다. 하느님은 자기 자신을 예수그리스도를 통하여 온 세상 모든 이에게 바쳤습니다. 왜냐하면 예수그리스도는 하느님이 세상을 극진히 사랑하신 나머지 그 세상을 구하기 위해 보내신 외아들이기 때문입니다. 하느님의 우리에 대한 사랑이 이렇게 당신의 외아들을 주실 만큼 큽니다. 외아들 그리스도는 우리를 위해 목숨까지 바치십니다.

오늘 복음인 가나의 혼인 잔치에서 물을 술로 변화시키고, 신랑을 대신하여 잔치에 온 손님들을 대접함으로써 간접적으로 시사하고 있듯이, 예수그리스도는 씩씩한 젊은이가 깨끗한 처녀를 아내로 맞이하듯 그런 사랑으로 세상과 인간, 즉 우리를 맞으실 분, 곧 신랑 되시는 분이십니다.

예수님을 신랑으로 비유한 것은 복음에 보면 예수님이 친히 당신을 가리키신 말씀에서, 또는 혼인 잔치의 비유 등 말씀에서 여러 번 볼 수 있습니다. 또 사도 바오로는 〈에페소서〉 5장에서 남편과 아내의 관계를 그리스도와 교회의 관계에 비유하면서 남편은 아내를, 아내는 남편을 어떤 사랑과 존경으로 대해야 하는지를 가르치고 있습니다.

"특히 남편 된 사람들은 그리스도께서 교회를 사랑하셔서 당신의 몸을 바치신 것처럼 자기 아내를 사랑하십시오"라고 권하십니다. "그리스도께서 교회를 사랑하셔서 당신의 몸을 바치신 것처럼"이라는 말씀에서 교회는 곧 우리들을 가리킵니다. 그리스도는 우리를 위하여 당신 몸을 바치셨습니다. 그렇게 죽기까지 우리를 사랑하십니다. 우리가 예쁘고 잘나서가 아닙니다. 우리의 죄, 우리의 부족, 불충실, 온갖 부정에도 불구하고 오히려 그 때문에 그리스도는 우리를 더욱 측은히 여기십니다.

연중 제2주일 미사, 명동대성당, 1989. 1. 15

효는 하느님 사랑에 대한 응답

제사는 부모님을 비롯하여 가신 조상들에게 자손으로서 예를 다하는 효도의 한 표현입니다. 그렇기 때문에 우리 교회에서도 옛날에는 조상을 기리는 제사를 미신으로 오해해서 금했고 그 때문에 혹독한 박해도 받았지만, 지금은 제사가 효의 표현이라는 것이 분명하여 허락을 하게 되었습니다.

효는 유교에서 공자님 말씀이라고 생각합니다만, 백행지본이라고 합니다. 즉 효는 모든 예절과 덕행의 근본이 된다는 뜻입니다. 부모님께 효를 드림으로써 부모님에 대한 자식 된 도리를 다하게 되는 것이고, 또 부모님을 알아 섬김으로써 같은 부모에서 나온 형제자매들의 사이도 돈독해지고 그에 따라 형제애의 소중함도 알게 됩니다. 또 이처럼 조부모와 선대 조상들에게 효를 드림으로써 같은 조상으로부터 나온 일가친척들의 관계를 잘 알게 되고 서로의 우애도 다질 수 있습니다.

이렇게 하면 가정이 화목하고 일가친척 간에도 화평하고, 따라서 이웃들과도 서로 위하고 돕는 예의범절을 지키게 되어 모두가 사람의 도리를 다할 수 있다는 것입니다. 이렇게 부모와 조상에게 효를 다하면 모든 행실이 올바르게 되어 참사람의 삶을 살 수 있다는 것입니다.

이것은 근본적으로 그리스도교 사상과 일치합니다. 그리스도께서 가르치신 것은 근본적으로는 하느님 아버지이십니다. 그리고 이 하느님 아버지는 사랑이시고, 우리를 사랑으로 지으시고 사랑으로 구원하시는 분이십니다. 이러한 하느님을 알고 우리에 대한 하느님의 사랑을 본받아 하느님을 사랑하며 우리 서로 사랑하는 것이 우리가 참으로 인간답게 사는 길인 것입니다.

이것이 그리스도의 가르침의 핵심입니다. 그리고 그 안에서 우리는 효의 정신을 볼 수 있습니다. 예수님께서 하느님을 아버지로서 가르쳐주셨습니다. 뿐더러 그 아버지께 아들로서 효를 다하셨습니다.

열두 살 때도, 그리고 수난당하시기 전날 고통 중에 기도하실 때도 할 수만 있으면 "이 잔을 나에게서 거두어주소서" 하면서도 "그러나 제 뜻대로 마시고 아버지의 뜻대로 하소서”(마르 14 : 35~36 외)라고 하셨습니다. 또 제자들에게 기도를 가르쳐주실 때도 “하늘에 계신 우리 아버지, 아버지의 이름이 거룩히 빛나시며 아버지의 나라가 오시며 아버지의 뜻이 하늘에서와 같이 땅에서도 이루어지소서……”(마태 6:9~13) 하고 가르쳐주셨습니다.

궁극적으로, 예수님이 우리에게 알려주시는 하느님은 우리들 한 사람 한 사람 모두를 사랑하시는 만민의 아버지이십니다. 아버지에게는 인종이나 민족 · 피부색의 차별이 있을 수 없습니다. 그리고 그리스도는 모두의 형제이십니다. 그분 그리스도께로 우리의 마음을 열고 다가갑시다.

한인공동체 방문 추석 미사, 1998. 10. 4

사랑의 출발점인 가정

오늘날 세계적으로도, 우리 사회 안에서도 가정은 심각한 위기에 놓여 있습니다. 부부 관계의 변화, 이혼율 증가, 부모 자식 간의 소원한 관계 등 많은 문제가 있습니다.

가정은 사회의 기초임은 다 잘 아는 바입니다. 가정이 허물어지면 사회 전체가 허물어집니다. 그런데도 가정이 이렇게 위기에 처해 있습니다.

거기에는 여러 가지 이유가 있겠습니다. 그러나 결국 근본적인 이유는 물질주의, 이기주의의 팽창으로 말미암아 인간이 자기중심적이 되어가면서 남을 사랑하기가 힘든 데 있다고 봅니다. 부부간에도, 부모 자식 간에도, 서로가 서로를 완전히 주고받는 사랑의 결핍이 그 원인이라 하겠습니다.

가정을 살리는 것은 사회를 구하는 시작입니다. 가정을 살리기 위해서는 우리는 참으로 사랑할 줄 아는 사람들이 되어야 하겠습니다. 무엇보다도 부부간의 사랑은 모든 인간 사랑의 원천입니다.

예수님은 우리를 사랑하신 나머지 당신이 하느님이시면서도 우리와 같은 사람이 되어 오셨고, 또 우리를 대신하여 십자가의 희생 제물이 되셨을 뿐만 아니라 성체성사에서 보듯이 당신을 먹을 음식으로까지 내어주셨습니다.

우리가 그 사랑을 받을 가치가 있어서가 아닙니다. 오히려 우리는 죄 많은 백성들입니다. 주님께 불충실하기만 했습니다. 그런데도 주님은 이렇게 당신을 남김없이 주십니다. 참으로 조건 없는 사랑 그것이 주님의 사랑입니다. 그리스도를 통해서 드러나는 하느님의 사랑입니다. 이 예수님이 우리를 보시고 "내가 너희를 사랑한 것처럼 너희도 서로 사랑하라"고 분명히 말씀하십니다.

마더 테레사가 이렇게 말씀하셨습니다.

"가정은 모든 사랑의 출발점입니다. 가정 안에 사랑이 없다면 어떻게 이웃을 사랑할 수 있겠습니까? 우리가 이웃을 사랑하려면 먼저 가정에서부터 시작해야 합니다. 한 가족이 서로 사랑할 때 하느님이 어떻게 우리를 사랑하셨는지를 배우게 됩니다. 그리고 그 사랑이 넘쳐흘러 자연히 이웃의 가난한 사람까지 사랑할 수 있게 됩니다. 나자렛의 성가정이 그러했습니다. 여러분의 가정이 또 하나의 나자렛 가정이 되기를 바랍니다."

ME 미사, 1981. 6. 29

사랑의 등불

어버이의 사랑, 스승의 사랑이 있어서 이 아이들이 진정 인간답게 성장할 뿐 아니라 이런 사랑의 힘으로 이 세상이 유지됩니다.

만일 어머니들이 안 계시면, 곧 모친과 같은 스승의 사랑이 없으면 장애자로서 약하고 힘없고 가난한 이들을 누가 돌볼 것이며, 또 세상에서 가장 버림받고 소외된 사람들을 누가 돕겠습니까? 그들은 버림받은 채 있을 것입니다. 그럼 세상은 오직 힘 있는 자, 강한 자만의 세상이 될 것이고, 그들은 서로 다툴 것입니다. 결국 세상은 약육강식으로 망합니다.

세상을 지탱하는 힘은 참으로 법이나 제도만이 아니라, 더욱이 물리적 힘이 아니라 어머니들의 사랑을 비롯하여 헌신적 사랑입니다.

여기서 우리는 십자가에 죽으신 예수님이 왜 세상을 가장 밝게 밝히는 빛이 될 수 있는지 이해할 수 있습니다. 십자가상의 예수님을 통하여 우리에 대한 하느님의 한없는 사랑이 가장 잘 드러나기 때문입니다. 즉 하느님이신 분이 우리를 위하여 사람이 되어 오실 뿐 아니라 죽기까지 하셨다는 것을, 그만큼 우리 인간을 사랑하신다는 것을 증명하고 있기 때문입니다. 하느님은 진정 사랑 자체인 분이십니다. 우리를 사랑에서 창조하시고 사랑으로 구하십니다.

우리에 대한 하느님의 사랑은 참으로 끝이 없습니다.

"산이 무너지고 언덕이 밀려나도, 너에 대한 나의 사랑은 변함이 없다."

이렇게 말씀하십니다.

그러므로 우리도 이 사랑 속에 살아야 합니다. 오늘 독서에서 사도 바오로는 "사랑을 실천하십시오. 사랑은 모든 것을 묶어 하나로 만듭니다"라고 하였습니다. 우리가 예수님을 본받아서 — 예수님이 우리를 사랑하신 그 사랑을 살면 — 우리는 우리 자신과 이웃을 복되게 하고, 우리 사회와 세계를 밝히는 등불이 될 것입니다.

그런데 우리는 우리 자신의 힘만으로는 남을 참으로 사랑할 수 없습니다. 주님과 함께 있어야 합니다. 때문에 예수님은 오늘 복음에서 "나는 포도나무요 너희는 가지이다……" 하시며, "너희는 나를 떠나지 말고, 내 안에 머물러 있어라.

그래야만 많은 열매를 맺는다"라고 거듭 강조하셨습니다.

예수님을 떠나서는 우리는 사실 아무것도 할 수 없습니다.

졸업 미사, 애화학교, 1988. 2. 13

결혼을 후회한 적 없습니까?

오늘 여러분은 부부가 새로운 마음으로 서로 사랑하기를 약속합니다. "우리는 하느님께서 맺어주신 부부로서 즐거울 때나 괴로울 때나 성하거나 병들거나 평생 서로 사랑하며 신의를 지키기를 거듭 약속합니다." 참으로 뜻깊고 아름다운 말씀입니다.

여러분은 혼인 후 그렇게 약속하신 대로 지금까지 사랑하여 오셨으리라 믿습니다. 그것이 참 아름다우나, 말대로 쉽지 않다는 것도 여러분은 스스로 체험했으리라 믿습니다.

어떻습니까? 남편 사랑, 아내 사랑 쉬웠습니까? 결혼한 것 후회한 일 없습니까? 혼자 사는 성직자, 수도자가 부러울 때도 있지 않았습니까? 사실 사랑한다는 것은 쉽지 않습니다.

저도 그렇습니다. 매일 사랑을 강론하면서 '내가 누구를 참으로 사랑하느냐?' 의심스럽습니다. 더구나 기쁠 때나 괴로울 때나 성하거나 병들거나 평생토록 부부이지만 한 사람이 또 다른 한 사람을 사랑한다는 것은 쉽지 않습니다.

얼마 전에 신문에 가정법원에만 오랫동안 종사하신 어떤 분이 "인내가 제일이다"라고 하신 말씀이 생각납니다. 우리는 사랑하지 않으면 불행해진다는 것도 잘 압니다. 만일 부부가 사랑하지 않으면 그것은 부부로서의 도리에 어긋나고, 서로가 서로를 가장 괴롭히는 것이며, 그것은 곧 누구보다도 나 자신을 불행하게 만드는 것임을 잘 압니다.

부부간에 사랑해야 한다는 것은 참으로 제1독서의 말씀대로 하늘에 있어서 거기서 가져와야 알 수 있는 것도 아니요, 바다 건너 저쪽에 있는 것도 아닙니다. 그것은 아주 가까운 곳, 우리 마음속에 새겨져 있는 것입니다. 우리 마음에서는 '나는 남편을 아내로서 사랑해야 한다' '나는 아내를 남편으로서 사랑해야 한다' 고 말합니다. 또 사랑할 때 우리 부부가, 우리 가정이 행복해진다는 것을 우리는 잘 압니다.

우리 인간은 누구나 다른 이에 대해서도 이 사랑을 실천해야 합니다. 사랑하지 않고서는 누구도 우리는 인간다운 인간이 될 수 없습니다. 더욱이 오늘 복음 말씀에서 보면, 착한 사마리아 사람처럼 강도를 만나 도움이 필요하듯, 불행 중에 도움이 필요한 사람, 고통을 겪는 사람을 사랑해야 합니다.

혼인 갱신 미사, 신천동성당, 1986. 7. 13

하느님의 사랑을 실천하는 가정

오늘날 우리 사회는 정치적 · 경제적 불안과 혼란, 사회 전체에 범람하는 각종 죄악과 인신매매 · 마약, 인간 경시 풍조, 성 윤리의 타락을 보이고 있습니다. 우리 사회가 이렇게 된 원인은 무엇입니까?

이 모든 것은 근원적으로 정치도 경제도 교육도 인간을 소중히 하고 사랑하는 것을 잊고 물질 위주, 출세 위주로 인간을 몰고 가기 때문입니다. 어디서고 인간을 참으로 존엄한 인간으로 사랑하는 교육이 없고, 그 사랑을 사는 모습을 보기도 아주 힘들기 때문입니다. 그래서 사회가 전체적으로 비인간화될 수밖에 없습니다. 사랑이 없기에 서로 믿지 않게 되고, 미워하고 서로 다투고 상처 입히고, 심지어 죽이기까지도 예사로 하고 있습니다.

진정 얼마나 많은 가정이 바로 사랑이 없기 때문에 파탄하고, 얼마나 많은 청소년들이 사랑을 받지 못했기 때문에 비행으로 치닫고 타락한 인간으로 죽어가고 있습니까?

그렇기에 오늘을 구하는 것은 우리 인간이 정녕 서로 인간으로 존중하고 사랑할 줄 아는 것입니다. 그리고 그 사랑은 먼저 가정에서부터 시작되어야 합니다.

바로 부부들이 먼저 서로를 하느님의 모습에 따라 창조된 존엄한 인간으로 인식하고, 또 그 하느님께서 부부가 서로 사랑함으로써 당신을 닮도록 맺어주셨다는 것을 깨닫고, 무엇보다도 하느님께서는 우리를 한없이 사랑하신다는 것을 앎으로써 참으로 서로 사랑하는 것입니다.

여러분은 사랑 자체이신 하느님이 당신 모습에 따라 여러분을 창조하셨다는 것을 믿습니까?

여러분을 짝지어 주신 분도 하느님이심을 믿습니까? 그렇다면 인간이 가장 하느님을 닮는 길, 하느님의 뜻을 따르는 길은 무엇입니까? 사랑하는 것입니다.

사랑 자체이신 하느님께서는 먼저 우리를 사랑하셨습니다. 사랑에서 우리를 창조하셨고, 사랑에서 우리를 구원하셨습니다.

하느님께서 우리를 얼마나 사랑하시는지 아십니까? 하느님 아버지께서는 당신 성자를 사랑하신 그 같은 사랑으로 우리를 사랑하십니다. 사랑 자체이신 하느님이 우리를 사랑하실 때, 그 사랑은 완전하고 퍼센트로 말한다면 100퍼센트입니다. 하느님이 우리를 사랑함에 있어 비록 단 1퍼센트라도 결손이 있는 사랑으로 사랑할 수는 없습니다.

그리고 사랑은 하느님으로부터 시작됩니다. 〈요한 1서〉 4장 7절에서 "사랑하는 여러분에게 당부합니다. 우리는 서로 사랑합시다. 사랑은 하느님께로부터 오는 것입니다"라고 하셨습니다.

하느님을 떠나서 우리는 사랑할 수 있습니까? 없습니다. 하느님을 떠나서 우리는 존재할 수 없습니다. 하느님 없이는 우리는 아무것도 아닙니다.

오늘 복음에서 주님께서 간절히 기도하고 계시듯이 하느님 안에 사시고 하느님 사랑 속에서 서로 사랑하십시오. 그리하여 우리 가정이 하느님 사랑의 샘터가 되길 바랍니다.

ME 전국대회, 등촌동 새마을본부, 1989. 5. 12

사랑은 의지와 은총의 늪에서 피는 꽃

저는 간혹 혼인하는 젊은이들에게 이런 말을 해줍니다. "사랑이 혼인 서약을 지켜주지 않고, 혼인 서약이 사랑을 지켜준다."

우리는 누구나 사랑을 좋아합니다. 사랑받기를 바라고, 또 사랑하기도 바랍니다. 사랑은 참으로 인간에게 산소와도 같습니다. 사랑이 없으면 우리는 살 수 없습니다. 사랑이 없으면, 사도 바오로가 〈고린토전서〉 13장에서 잘 말씀하신 대로, 비록 우리가 하늘의 신비를 안다 해도, 산을 옮기는 믿음을 가졌다 해도 소용이 없습니다. 사랑은 이렇게 가장 중요한 것입니다.

그러나 사랑은 결코 감정에만 달린 것이 아닙니다. 사랑은 오히려 의지에서 오는 것입니다. 때문에 우리가 의지로 누구를 사랑하려고 할 때, 그 사랑을 위해 겪을 수 있는 어려움도

시련도 이겨내겠다는 뜻을 굳게 세우고 사랑할 때 그것이 참 사랑입니다.

그 때문에 예수님은 복음에서 “너희가 자기를 사랑하는 사람들만 사랑한다면 무슨 상을 받겠느냐? 세리들도 그만큼은 하지 않느냐?” 하시며 “너희는 원수를 사랑하고 너희를 박해하는 사람들을 위하여 기도하라”고 하셨습니다.

부부는 혼인할 때 서로 사랑하기로 약속하였습니다. 그리고 그 약속은 결코 마음이 내킬 때만, 또는 좋을 때만 사랑하는 것이 아니었습니다. 오히려 성하거나 병들거나 즐거울 때나 괴로울 때나 변함없이 죽을 때까지 사랑하기로 약속하였습니다.

부부가 어떤 이유에서든지 서로 사이가 멀어져가고 있다고 느낄 때 서로 사랑하기가 힘들다고 느낄 때 이 약속을 다시 생각한다면 큰 도움을 얻을 것입니다. 나는 나의 자유의사로 이 사람을 아내로 맞아들여, 또는 남편으로 맞아들여 사랑하기로 약속하였습니다. 하느님 앞에 일가친척 앞에 굳게 약속하였습니다. 그렇다면 지금의 이 식어가는 감정을 이기고 사랑해야 합니다.

혼인 갱신 미사, 가좌동성당, 1993. 10. 17

사랑은 결심입니다

부부 관계는 삼위일체이시고 사랑이신 하느님을 반영하는 사랑의 관계여야 합니다. 부부 간의 사랑은 실로 모든 인간의 사랑의 근원입니다. 부부가 사랑할 때 부모 자식 간에 사랑이 있고, 형제와 일가친척 이웃 간에 사랑이 있습니다. 오늘날 우리 안에 사랑이 메마른 까닭은 근본적으로 가정에 사랑이 없고 부부 사이의 사랑에 금이 가 있기 때문입니다.

몇 해 전의 보고에 의하면, 서울에 있는 가정법원을 통하여 합의이혼으로 헤어지는 부부가 매일 30쌍이 된다고 하였습니다. 하루에 30쌍이면 1년에 1만 쌍이 넘습니다. 그 밖에 재판에 의해 헤어지는 경우도 많습니다. 또 우리 교회 법원에도 신자인데 부부간 불화가 극에 달하여 혼인 무효 소송을 제기하는 건수가 날로 늘어가고 있습니다.

여러분, 가장 좋은 것이 사랑이 아닙니까? 그리고 서로 가장 사랑할 수 있는 사이가, 또 해야 하는 사이가 인간관계 중에서는 부부 관계가 아닙니까? 그런데 어떻게 돼서 모든 인간관계의 근본이요 모든 인간의 사랑의 근원이 되는 부부 사이에서 이렇게 사랑에 금이 가고 있습니까? 저는 이것은 근본적으로 우리가 사랑이 무엇인지 이해하지 못하고 있기 때문이라고 생각합니다.

사랑은 결코 감정이나 느낌이 아닙니다. 사랑은 의지에 속하는 것입니다. ME에서 "사랑은 결심이다"라고 말합니다. 그렇습니다. 사랑은 참으로 사랑하겠다는 결심에서 출발합니다.

부부가 본래 혼인 서약을 할 때 즐거울 때나 괴로울 때나, 성하거나 병들거나 평생토록 사랑하고 존경하고 신의를 지키겠다는 약속은 각자 자기 의사로 자유로운 선택 판단에 의해 결심함으로써 나온 결론입니다. 우리는 이것을 잊지 말아야 합니다.

유명한 신학자이자 독일 복음교회 목사이며 나치에 저항하다 순교한 디트리히 본회퍼(Dietrich Bonhoeffer)는 이 점에 대하여 이렇게 말했습니다. "혼인에 있어 사랑이 서약을 지켜주기보다도 혼인의 서약이 혼인의 사랑을 지켜준다."

부부는 사랑으로 결심했고 사랑하기로 약속했습니다. 그

렇다면 그 약속을 지키는 것이 사랑입니다. 그것이 인간입니다. 어느 정도 사랑할 것인가? 즐거울 때나 괴로울 때나, 성할 때나 병들거나 종신토록 사랑한다고 약속했습니다. 전적이요 조건 없는 사랑입니다.

사도 바오로의 〈에페소서〉 비유에 보면 남편에게 그리스도는 전적으로 본받아야 할 분이고, 그것은 곧 아내를 사랑하는 것입니다. 아내에게 그리스도는 남편입니다. 그렇다면 남편 된 사람은 아내 사랑을 위해 자신을 전적으로 비워야 하지 않겠습니까?

부부 사랑은 이같이 그리스도처럼 사랑하는 것이요, 그리스도를 따르는 것입니다. 부부를 위해 그리스도는 성체성사 안에만 현존하지 않고 남편 안에 현존하시고 아내 안에 현존하십니다. 서로가 상대 보기를 그리스도 보듯이 해야 합니다.

전국 가정대회 미사, 가톨릭의대 마리아홀, 1994. 10. 9

부부의 기쁨이 곧 세상의 평화

부부가 서로 사랑함으로 기쁘면 가정이 화목하고 사회가 평화스럽습니다. 오늘 이 단상 앞에 설치한 표어처럼 부부의 기쁨이 곧 세상의 평화입니다.

그러니 누구보다도 부부 서로는 먼저 사랑해야 합니다. 배우자 사랑은 약속입니다. 하느님과 친지들 앞에서 가장 엄숙히 한 약속입니다.

가장 가까운 이웃인 배우자도 사랑하지 못한다면 어떻게 먼 데 있는 이웃을 사랑할 수 있으며 어떻게 눈에 보이지 않는 하느님을 사랑할 수 있겠습니까? 우리가 서로 사랑한다면 매력 넘치는 배우자를 보게 될 것이고 거룩하신 하느님도 만나게 될 것입니다. 바로 하느님은 사랑 자체이시기 때문입니다.

헌신적으로 서로 사랑하는 부부 관계를 보면, 또 그 사랑으로 자녀들까지 서로 사랑할 줄 아는 가정을 보면 삼위일체이시고 사랑이신 하느님을 발견하게 됩니다.

부부간의 사랑은 실로 모든 인간의 사랑의 근원입니다. 부부가 서로 사랑할 때 부모 자식 사이에 사랑이 있고 형제와 일가친척이나 이웃 간에 사랑이 넘칩니다.

ME 전국대회 부부의 날, 올림픽역도경기장, 1996. 5. 24

목숨 바쳐 지켜야 할 사랑

한 인간이 한 인간을 — 부부 사이라 할지라도 — 변함없는 사랑으로 사랑하는 것은 참으로 힘들고 거의 불가능해 보이기까지 합니다. 특히 오늘날 세속주의 물결과, 무엇이 옳고 그른지 판단 기준도 애매모호하리만큼 가치관이 흔들리고, 거기에다 '프리섹스', 즉 성 윤리의 문란에서 오는 유혹이 큰 시대에 그러합니다.

그러나 그렇다고 기분 따라 살아도 좋다, 미울 때는 싸워도 좋고, 바람을 피워도 좋고, 맞지 않으면 헤어져도 좋다고 할 수는 없습니다.

오늘날 많은 사람들이 결국 서약한 대로 사랑하지 못하고 쉽게 헤어져서 이혼율이 늘어나고 있습니다. 그러나 이것은 결코 부부 사이의 문제 해결의 길도 아니요, 본인들의 행복을 포함해서 가정의 평화를 유지하는 길이 아닙니다.

사도 바오로는 〈에페소서〉에서 그리스도께서 우리를, 즉 교회를 죽기까지 사랑하셨듯이 남편은 아내를 사랑해야 한다고 하셨습니다. 그리고 교회가 주님께 사랑으로 복종하고 따르듯이 아내는 남편을 그렇게 위해야 한다고 하셨습니다.

우리가 서로 사랑하기 힘들 때 우리는 우리에 대한 주님의 사랑, 곧 나에 대한 그리스도의 사랑이 얼마나 큰지를, 얼마나 자비 지극한지를 깊이 묵상하고 깨달아야 하겠습니다. 주님께 가장 큰 관심사는 '나' 입니다. 주님이 가장 사랑하는 존재 역시 '나' 입니다. 부부 관계에서도 이렇게 해야 합니다. 남편의 가장 큰 관심사가 아내이고, 남편이 가장 사랑하는 존재가 아내여야 합니다. 또 아내도 물론 마찬가지여야 합니다.

부부 사랑은 결코 기분에 따라 좌우되어도 좋을 그런 것이 아닙니다. 목숨 바쳐 지켜야 할 그런 정신이 요구되는 사랑입니다.

ME 20주년 전국대회 미사, 올림픽체조경기장, 1997. 9. 28

'믿음' 이란 무엇인가?

하느님은 사랑이시다

나를 사랑하시는 하느님

"나를 사랑하는 자는"

사랑받을 자격

사랑이 곧 성령이시다

삼위일체 하느님의 한없는 사랑

큰 사랑을 가진 아버지

언제나 먼저 사랑하시는 하느님

인간을 귀한 존재로 만드신 하느님

우리를 절대로 버리시지 않는다

하느님의 무한하신 사랑

가없는 사랑

깊은 도랑을 건너는 의의

우리의 부활

사랑의 증거, 십자가

사랑의 불

자아실현의 뿌리

너희는 빛과 소금이다

진리는 그리스도의 사랑

착한 목자를 부르시는 예수

하느님의 사랑을 부어주시는 성령

5장

하느님의 사랑은 가없어라

'믿음' 이란 무엇인가?

우리를 죽기까지 사랑하시는 예수님, 우리를 위해 밥이 되기까지 하신 예수님, 이 예수님의 우리에 대한 사랑을 참으로 우리는 이해할 수 있습니까? 이해하기 힘듭니다.

사도 바오로는 인간의 모든 지식을 초월한 그리스도의 사랑이라고 하였습니다.

믿음이란 다른 것이 아닙니다. 주님의 사랑, 그리스도를 통하여 드러나는 하느님의 이 사랑을 믿는 것입니다.

신앙생활은 주님이 우리를 사랑하신 그 사랑으로 우리 서로도 서로 용서하고 사랑하는 것입니다. 서로 위하고 서로 돕고, 서로 받아주고, 서로 나눔으로써 참으로 그리스도와 같이 사는 것입니다.

연중 제19주일 미사, 미국 포트워스, 1994 . 8. 7

하느님은 사랑이시다

하느님은 사랑이십니다. 우리를 한없이 사랑해주시는 분, 그분이 하느님이십니다. 신구약 성경 전체가 말하는 것을 한마디로 추린다면 "하느님은 사랑이시다"이고, 그것을 믿는 것이 믿음입니다.

하느님은 사랑에서 우리를 창조하셨습니다. 목적은 우리로 하여금 당신의 영원한 생명과 영광에 참여시키기 위해서입니다. 하느님은 결코 우리가 이 세상에서 고생만 실컷 하다가 결국엔 죽어서 썩고 말라고 창조하신 것이 아닙니다. 당신과 함께 영원히 살 수 있게 하기 위해 창조하셨습니다.

우리는 사실 모두 목마른 사람들입니다. 참된 사랑, 참된 생명에 목마른 사람들입니다. 그런데 예수님은 당신께 와서 마셔라 하셨습니다. 그러면 성서의 말씀대로 그 속에서 샘솟는 물, 곧 생명의 물이 강물처럼 흘러나온다고 하셨습니다.

하느님의 사랑과 생명이 우리 안에서 흘러넘친다고 말입니다.

어떻게 그런 일이 가능할까요? 바로 성령을 통해서입니다. 그래서 무엇보다도 그리스도를 닮아서 하느님을 사랑하고 섬기면서 이웃을 참으로 사랑할 줄 알아야겠습니다. 그중에서도 가난한 이웃, 고통받는 이웃을 사랑할 줄 알아야겠습니다. 인도의 테레사 수녀님이 왜 우리를 감동시켰습니까? 그분은 바로 그런 사랑에 사는 분, 그리스도를 닮은 분, 그래서 참인간의 모습을 보여주는 분이기 때문입니다.

견진성사, 여의도성당, 1981. 9. 23

나를 사랑하시는 하느님

"우리를 그리스도와 함께 살게 하시려고 천지창조 이전에 이미 우리를 뽑아주시고 당신의 사랑으로 우리를 거룩하고 흠없는 자가 되게 하셔서 당신 앞에 설 수 있게 하셨습니다."(에페 1 : 4)

이 말씀을 보면 하느님은 우리에게 한없이 큰 축복을 베풀고 계십니다. 그것은 우리가 그리스도와 함께 살고, 그리스도와 같은 거룩하고 흠 없는 존재로 당신 앞에 설 수 있게 하십니다. 곧 당신 대전에서 당신과 같이 영원히 살게 하는 것입니다.

우리는 그런 복을 받은 사람들입니다. 천지창조 이전부터니까 태어날 때부터 우리는 이미 하느님의 이 축복을 받고 있습니다.

교구청 시무 미사, 가톨릭회관, 1987. 1. 5

"나를 사랑하는 자는"

예수께서는 "나를 사랑하는 사람은 누구든지 내 말을 잘 지킬 것이다. 그러면 나의 아버지께서도 그를 사랑하시겠고 아버지와 나는 그를 찾아가 그와 함께 살 것이다"(요한 14 : 23)라고 말씀하셨습니다. 이 가르침 속에서 우리는 하느님이 우리 안에 살아 계신다는 그리스도교적인 삶의 본질을 찾아볼 수가 있습니다. 예수께서 가르치신 모든 것을 우리에게 상기시켜, 성령이 하느님께서 우리 모두에게 갖고 있는 사랑에 관하여 명백히 해주는 것입니다. 하느님께서 우리를 정말로 얼마나 사랑하시는지에 대한 깊은 이해와 더불어 우리도 그와 같은 사랑을 바탕으로 살아갈 것이라는 결심을 반드시 해야 합니다.

지금 이 순간 우리는 "하느님께서 우리를 어떻게 사랑하셨는가?" 질문을 해볼 수 있습니다. 분명한 대답은 그분이 우리를 사랑으로 창조하셨고, 또 사랑 안에서 우리를 되찾으셨다는 것입니다. 성서에서는 하느님께서 세상을 너무나 사랑하셔 우리 죄인을 구원하기 위해 그의 독생자를 보내셨다는 것을 강조하고 있습니다. 예수께서는 진실로 신적(神的) 영광을 그 자신에서 비워내고, 죄를 제외하고서는 모든 면에서 우리와 같은 인간이 되어 십자가에 못 박혀 우리를 위해 돌아가셨습니다.

이 사실을 마음에 간직한다면 우리는 하느님께서 우리를 위해 얼마나 위대한 사랑을 가지셨는지 확신하지 않을 수 없습니다. 또한 그 사랑의 강생으로, 즉 예수의 사람 되심으로 인하여 우리가 주를 사랑하지 않을 수 없는 것입니다.

예수께서는 "나를 사랑하는 자는 내 가르침을 따를 것이다"라고 하셨습니다. 사실 그 말씀은 그를 닮은 우리 또한 똑같은 마음으로 하느님을 사랑하고 우리 이웃을 사랑해야 한다는 의미입니다. 하느님을 사랑하고 우리 이웃을 사랑하는 것, 그것이 바로 인간 삶의 가장 중요한 요소입니다. 그 사랑으로 우리 스스로 더 완전한 인간이 되고 우리 모두가 희망하는 빛과 생명과 영원한 행복을 얻을 수 있습니다.

이러한 것이 바로 믿음이고, 또 하느님을 안다는 것입니다.

견진성사, 용산 미8군 성당, 1992. 5. 25

사랑받을 자격

하느님은 우리를 사랑으로 창조하시고 사랑으로 구원하십니다. 우리에 대한 하느님의 사랑은 참으로 지극합니다. 그 증거는 십자가입니다. 이 십자가에 달려 계시는 분은 누구이십니까? 물론 예수님이십니다. 그런데 예수님이 왜 여기에 달려 계십니까?

십자가는 본래 거룩한 것이 아닙니다. 십자가는 본래 사람을, 그것도 극악무도한 대죄인을 죽이는 무서운 형틀입니다. 이런 무서운 형틀에 왜 예수님이 달려 계십니까? 무엇을 잘못하셨습니까?

아닙니다. 예수님은 하느님의 아들이시고, 하느님이 세상을 사랑하신 나머지, 이 세상, 곧 우리 인간들을 죄와 죽음에서 구하기 위해 보내신 분이십니다. 예수님은 거룩하신 하느님의 아들이시며 사람으로도 가장 거룩한 분이십니다. 예수님은 하느님의 아들로서 하느님과 본질을 같이하시면서도 우리를 위해 이를 다 비우시고 낮추셔서 사람이 되어 오셨습니다.

그것은 오로지 우리에 대한 사랑 때문입니다. 우리를 그토록 사랑하사 죄와 죽음에서 구하기 위해 당신이 우리 모두의 죄를 대신 지셨기 때문입니다. 참으로 주님은 죽기까지 우리를 사랑하십니다.

우리가 이런 사랑을 받을 자격이 있습니까? 없습니다. 주님은 우리의 잘못, 우리의 죄, 그 모든 것을 다 잘 아십니다. 그런데도 이런 우리를 용서하시고 사랑으로 구원하십니다.

믿음, 신앙이란 다른 것이 아닙니다. 바로 이렇게 우리를 죽기까지 사랑하시는 주님의 우리에 대한 사랑을 확고히 믿는 것입니다. 그리고 신앙생활이라는 것은 이 사랑 속에 살면서 주님이 우리를 사랑하신 그 사랑으로 우리도 서로 사랑하는 것입니다. 주님은 이렇게 말씀하십니다. "내가 너희를 사랑한 것처럼 너희도 서로 사랑하여라."

견진성사, 월계동성당, 1994. 6. 25

사랑이 곧 성령이시다

여러분이 아시는 대로 성령은 삼위일체이신 하느님의 제3위이십니다. 우리가 인간의 지혜로서 삼위일체이신 하느님의 신비를 다 알 수는 없습니다. 그러나 "세 분이 하나이신 분이며 하느님이시다"라는 이 말에서 하느님은 고독한 분이 아니요, 사랑의 공동체임을 알 수 있습니다. 성부와 성자께서 성령 안에, 성령을 통해서 사랑으로 하나 되십니다. 성부는 성자에게 당신 전부를 남김없이 주시고, 성자는 성부께 당신 생명을 남김없이 바치시는 그 사랑이 곧 성령이십니다.

우리를 위해서 사람이 되어 세상에 오시고, 십자가에 죽으시고 부활하신 성자 그리스도께서는 당신이 받으신 아버지의 생명, 그 아버지의 사랑을 우리에게 쏟아주시기 위해서 성령을 보내주셨습니다. 그리하여 당신이 아버지의 생명으로 사시듯이 우리는 당신의 생명으로 삶으로써, 결국 하느님의 생명이 우리 안에 넘쳐흐르게 하시고자 원하셨습니다.

이 얼마나 큰 사랑입니까? 이 사랑이 곧 성령이십니다. 하느님은 본시 사랑 자체이십니다. 사랑은 사랑하지 않을 수 없습니다. 사랑은 사랑으로밖에 자신을 표명할 수 없습니다.

때문에 우리가 성경에서 보듯이 하느님은 오직 사랑으로써만 우리에게 당신을 말씀해주셨습니다. 우리에게 당신 사랑을 쏟으셨고, 또 쏟으십니다. 우리가 사랑을 받을 만한 선행이나 업적이 있어서가 아닙니다. 무조건 사랑하십니다. 사랑에서 만물을 창조하시고, 무엇보다도 인간을 사랑해서 당신 모습대로 창조하셨습니다. 그래서 하느님은 모든 존재의 근원이요, 심장이십니다.

우리는 그분 안에 살고, 그분 안에 숨 쉬고 있습니다. 그분은 우리의 부족과 잘못, 당신을 거스르는 죄, 배반, 불충실을 다 아십니다. 그런데도 우리의 이 모든 잘못을 다 용서해주십니다. 복음에서 말하는 탕자의 아버지, 한 마리 잃은 양을 찾아 헤매는 그 착한 목자는 바로 그리스도 자신이시요, 하느님 자신이십니다. 왜냐하면 그리스도와 아버지는 성령 안에 하나이시기 때문입니다.

하느님의 큰 사랑입니까? 충실하시고 진실하신 하느님이 이렇게 우리를 사랑하실 때에 우리는 실망할 이유가 없습니다. 이 사랑을 믿는 것이 곧 믿음입니다. 우리는 하느님을 사랑하라는 말을 들었습니다. 우리가 하느님을 사랑하는 것도 중요합니다. 그러나 더 중요하고 결정적인 것은 하느님이 우리를 먼저 사랑하신다는 사실입니다.

우리에게 임하시는 성령을, 하느님께 있어서 성부와 성자를 하나로 완전히 결합시키시듯이 우리 안에서도 같은 일을 하십니다. 성령 안에 다시 난 우리를 사랑의 공동체로 만드십니다. 우리를 모두 형제자매 되게 합니다. 우리 사이를 갈라놓는 모든 분열의 장벽을 무너뜨리고 서로가 서로를 사랑으로 받아들이도록, 그리하여 성부와 성자가 성령 안에 하나이듯이 우리 모두가 역시 당신 안에 하나로 일치되게 해주십니다.

견진성사, 구리성당, 1979. 6. 3

삼위일체 하느님의 한없는 사랑

이렇게 우리가 하느님께 연결된 이유는 삼위일체이신 하느님이 우리를 한없이 사랑하시기 때문입니다. 먼저 하느님은 사랑에서 우리를 당신의 모습대로 고귀한 존재, 만물의 영장으로 창조하셨습니다. 우리가 죄에 떨어져 죽게 되었을 때, 하느님 아버지는 우리를 구원하시고자 당신의 외아들을 보내시어 제물로 삼기까지 하셨습니다.

아브라함이 외아들 이사악을 하느님이 분부하신 대로 제물로 바쳐야 하게 되었을 때, 비록 그는 하느님이 죽은 사람도 다시 살려주시는 분이심을 굳게 믿고 있었지만 그 마음의 고통이 얼마나 컸을까 상상이 됩니다.

성모마리아 역시 당신의 외아들이신 예수님이 십자가에 못 박혀 돌아가실 때, 비록 하느님에 대한 성모님의 사랑이

깊고 “하느님의 뜻대로 이루어지소서” 하는 믿음 속에 서 계셨겠지만 그 심장은 예리한 칼에 찔리듯 아프지 않았겠습니까? 아브라함이나 성모님이나 차라리 자기들이 대신 죽었으면 했을 것입니다.

그런데 하느님 아버지는 당신 자신 이상으로 사랑하고 사랑하는 그 외아들을 우리를 위해 세상에 보내시고 제물로 삼으셨습니다. 하느님 아버지의 우리에 대한 사랑이 얼마나 큽니까? 〈요한복음〉 17장의 예수님이 바치신 대사제의 기도를 보면 하느님 아버지는 당신의 성자 그리스도를 사랑하시는 그 같은 사랑으로 우리를 사랑하십니다. 그분의 우리에 대한 사랑은 완전하고 언제나 진실됩니다.

그리고 외아들 그리스도는 우리를 구원하시기 위해 당신을 남김없이 비우고 낮추어 우리와 같은 사람이 되셨을 뿐 아니라 십자가에 돌아가시기까지 했습니다. 그리고 우리를 죽음의 멸망에서 완전히 구원하시기 위해 죽음을 쳐 이기시고 부활하셨습니다. 이 그리스도의 모습을 보면 우리에 대한 하느님의 사랑이 얼마나 크고 끝이 없는지 더 잘 알 수 있습니다.

아무튼 예수님은 “아버지께서 나를 사랑하신 것처럼 나도 너희를 사랑해왔다. 그러니 너희는 언제나 내 사랑 안에 머물러 있어라”(요한 15 : 9) 하고 말씀하십니다. 역시 진한 사랑, 변함없이 진실한 사랑으로 우리를 사랑하십니다.

성령은 바로 성부와 성자께서 서로 사랑하심으로써 발하시는 분이시므로 따라서 하느님의 사랑 자체이십니다. 그리하여 성령은 우리 마음에 하느님의 사랑을 가득히 부어주시고, 우리의 죄를 그 사랑으로 씻으시고, 우리를 그 사랑 속에 새사람으로 다시 나게 하셔서 하느님의 아들 되게 하여 그리스도와 같이 되고 그리스도와 같이 하느님 아버지를 '아빠' '아버지' 라고 부를 수 있게 합니다.

삼위일체대축일 미사, 1988. 5. 29

큰 사랑을 가진 아버지

사랑이 많은 아버지는 자식 앞에 약합니다. 그렇게 하느님도 인간 앞에 약하십니다. 십자가상의 예수님 모습에 하느님의 그 약함이 여실히 드러납니다. 사람이시지만 동시에 신이신 그리스도께서 인간에 의해 못 박혀 죽다니! 그것을 또 미리 아시고 자진해서 그 수난의 잔을 마시시다니……. 얼마나 사랑하시기에 이렇게까지 부도덕하고 불충하고 간악한 인간 앞에 항복하다시피 되셨는가? 참으로 하느님의 사랑은 무한합니다. 그 때문에 하느님은 인간 앞에 가장 약한 분이십니다.

그러나 세상의 어떤 힘도 그 사랑을 이겨낼 수 없습니다. 어둠도, 절망도, 비참도 이 사랑의 손길이 닿으면 그것들은 다 극복됩니다. 죽음까지도 하느님의 사랑의 손길이 닿으면 물러나고, 죽은 생명은 다시 부활합니다. 사랑보다 더 힘센

것은 아무것도 없습니다.

우리에게 필요한 것은 하느님은 나를 사랑하신다, 어떤 환경에서도 나를 사랑하신다는 것을 굳게 믿는 것입니다. 그리고 마음으로 그분을 사랑하는 것입니다. 주님께서 원하시는 것은 이것뿐입니다.

성경 전체를 볼 때 주님께서 우리에게 요구하는 것이 많아 보이지만, 그러나 당신이 우리에게 원하시는 것은 실상 당신을 전적으로 믿는 것입니다. 그 믿음으로 당신께 우리 스스로를 전적으로 내맡기는 것입니다.

우리의 잘못, 우리의 죄, 우리의 약함, 이런 것에 구애되지 말고 오직 당신을 믿고 사랑하는 것, 이것만을 주님은 원하십니다. 그리고 "내가 너희를 사랑한 것처럼 너희도 서로 사랑하여라"(요한 13 : 34), 내가 너희를 용서하듯이 너희도 서로 용서하라는 부탁뿐입니다.

한마디로 주님은 사랑뿐이십니다. 주님은 우리에게 특별한 지식도, 재산도, 공로도, 희생도 — 그것이 사랑이 없는 것이면 — 원하시지 않습니다. 사실 사랑만이 인간을 가장 행복하게 완성시키고 하느님과 모든 인간을 일치시켜 줍니다. 세상을 구원합니다.

1976

언제나 먼저 사랑하시는 하느님

우리는 하느님을 사랑해야 한다는 말을 자주 하기도 하고 듣기도 합니다. 그러나 더 중요한 것은 하느님에 대한 우리의 사랑이 아니라 우리에 대한 하느님의 사랑입니다.

하느님은 언제나 먼저 우리를 사랑하십니다. 그리고 완전히 사랑하십니다. 그렇기에 철학자 키에르케고르는 이렇게 말했습니다.

오! 하느님, 당신이 먼저 우리를 사랑하셨습니다. 그런데 우리는 이 말을 정적인 의미로 말합니다. 마치 당신은 오직 한 번만 우리를 먼저 사랑하시고 매일매일 또한 우리의 전 생애를 통해서 끊임없이 우리를 먼저 사랑하신 것은 아닌 것처럼 말입니다. 우리가 아침에 일어나서 우

> 리의 영혼을 당신께 향할 때, 주여, 당신이 먼저 와 계십니다. …… 당신이 먼저 우리를 사랑하셨습니다. …… 혹시 제가 그보다 더 빠른 이른 새벽에 일어나서 기도 중에 내 영혼을 당신께 향한다 해도 당신은 저보다 앞서 와 계십니다. 당신이 먼저 저를 사랑하셨습니다. 제가 낮에 번잡함에서 물러나 당신을 생각하면서 영혼을 당신께 돌릴 때도 당신이 먼저 와 계시고, 그렇게 언제나 먼저 계십니다. 그런데도 우리는 배은망덕하게도 마치 당신이 오직 한 번만 먼저 사랑하신 것처럼 말합니다.

키에르케고르의 〈기도〉에 실린 말입니다. 하느님은 이렇게 우리를 먼저 사랑하십니다. 한 번만이 아니고 언제나 먼저 사랑하십니다.

하느님이 우리를 사랑하시는 것은 우리에게 사랑을 받을 만한 공로나 자격을 보시고서가 아닙니다.

만일 누구든 자기 공로로써 하느님의 사랑을 받겠다면 세상에서 과연 몇 사람이나 받을 수 있겠습니까? 자기 공로로는 아무도 하느님의 사랑을 받을 수도 없고, 하느님이 주시는 구원과 영생을 얻을 수도 없습니다. 하느님은 우리의 못남 · 부족 · 죄를 다 아시면서도 그렇게 무상으로 먼저 사랑하십니다. 사랑 자체이시기 때문입니다.

그분은 도저히 우리를 미워하실 수가 없습니다. 누구도 자기 스스로 하느님을 떠나지 않는 한, 하느님께 버림받지는 않을 것입니다. 그분은 사랑 자체이시기에 우리를 사랑하지 않을 수 없습니다.

믿음이란 바로 다른 것이 아니라 이러한 하느님의 무한한 사랑, 영원한 사랑을 믿는 것입니다. 하느님께서 나를 사랑하신다는 것을 믿는 것입니다. 사도 바오로는 〈로마서〉 8장 31~39절에서 이렇게 말씀하십니다.

"그러니 이제 무슨 말을 더 하겠습니까? 하느님께서 우리 편이 되셨으니 누가 감히 우리와 맞서겠습니까? 우리 모든 사람을 위하여 당신의 아들까지 아낌없이 내어주신 하느님께서 그 아들과 함께 무엇이든지 다 주시지 않겠습니까? …… 누가 감히 우리를 그리스도의 사랑에서 떼어놓을 수 있겠습니까? 환난입니까? 역경입니까? …… 나는 확신합니다. 죽음도 생명도…… 미래의 것도…… 어떤 피조물도 우리 주 그리스도 예수를 통하여 나타날 하느님의 사랑에서 우리를 떼어놓을 수 없습니다."

다음으로 명심할 것은 아버지이신 하느님은 나를 사랑하시듯이 우리 하나하나를 그렇게 극진히 사랑하시고, 우리 모두가 또한 그렇게 서로 사랑하기를 바라신다는 것입니다. 예수님께서는 수난 전날 저녁에 "내가 너희를 사랑한 것처럼 너희도 서로 사랑하라"(요한 15 : 12)고 하셨습니다. 하느님이 우리를 사랑하는 그런 사랑으로 우리도 서로 사랑하라는 말씀입니다.

내가 좋아하는 사람만이 아니라 싫은 사람도 사랑하고, 원수까지도 용서하고 사랑하라고 하셨습니다. 그래서 궁극에는 삼위일체이신 하느님 곧 성부와 성자와 성령의 삼위가 사랑으로 하나 되시듯이 모든 사람들, 온 인류가 국경과 민족과 인종 · 피부색 등 어떤 차이도 초월해서 사랑으로 하나 되기를 원하십니다.

견진성사, 압구정성당, 1979. 6. 13

인간을 귀한 존재로 만드신 하느님

어느 재벌의 아들이 된다거나 하는 따위는 비교도 할 수 없는 그런 존귀한 존재가 되게 하시려고 하느님은 우리를 만드셨고 부르셨습니다. 뿐만 아니라 우리를 구원하시기 위해 우리를 아버지의 사랑으로 지극히 사랑하십니다. 당신의 외아들까지 주셨습니다. 외아들 예수님은 생명까지 우리를 위해 바치셨습니다.

〈요한복음〉 15장 9~10절에 보면 예수님은 "아버지께서 나를 사랑하신 것처럼 나도 너희를 사랑해왔다"고 하셨습니다. 아버지의 예수님에 대한 사랑은 절대적이요 완전한 것입니다. 그 같은 사랑으로 예수님께서는 우리를 사랑하셨습니다. 사랑하고 계십니다.

하느님 아버지의 그 아들에 대한 사랑은 당신 자신을 우리에게 남김없이 주시는 것입니다. 그 같은 사랑으로 예수님은 우리를 사랑하셨습니다. 우리의 모든 죄를 용서하시고 우리의 못난 것까지도 다 받아주시는 그런 무한한 자비의 사랑입니다. 〈요한복음〉 17장 23절에 따르면 하느님께서는 성자 그리스도를 사랑하신 그 사랑으로 우리를 사랑하십니다.

〈이사야 예언서〉 54장 10절에 보면 "산들이 밀려나고 언덕이 무너져도 나의 사랑은 결코 너를 떠나지 않는다"는 말씀이 있습니다. 이런 사랑이 하느님의 우리에 대한 사랑입니다. 우리가 사랑이 무엇인지 깨닫기 위해서는 하느님의 우리에 대한 이 사랑을 깨닫고 믿어야 합니다. 하느님께서 나를 전적으로 사랑하신다는 것을, 우리들 하나하나 곧 나를 사랑하신다는 것을 믿어야 합니다.

하느님께서는 이 죄 많은 나를 그리스도를 닮은 거룩하고 완전한 자 되게 하기 위해서 온갖 은혜를 다 주십니다. 그것을 우리는 깊이 깨달아야 합니다. 그것을 믿는 것이 믿음입니다. 사도 바오로는 이 사랑을 깊이 깨달은 끝에 "우리 주 예수그리스도의 아버지 하느님께 찬양을 드립니다. 하느님께서는 그리스도를 통해서 하늘의 온갖 영적 축복을 우리에게 베풀어주셨습니다"(에페 1 : 3)라고 하셨습니다.

빈첸시오 아 바오로회 미사, 사도회관, 1984. 2. 19

우리를 절대로 버리시지 않는다

믿음은 어떤 추상적인 교리를 믿는 것이 아니라 사랑이신 하느님을 믿고, 그 하느님이 모든 이를 창조하심을 믿고, 더 나아가서 그 하느님이 우리를 사랑하신다는 것을 믿는 것입니다.

우리를 지극한 사랑으로 사랑하시고, 절대적인 사랑으로 사랑하시고, 우리가 잘나서가 아니라 못나고 부족하고 실수도 많고, 또 죄도 많이 지었지만, 그럼에도 우리 하느님은 우리를 자비로이 굽어보시며 우리를 용서하시고 우리를 구원하십니다.

이렇게 하느님은 절대로 우리를 저버리시지 않고 모든 죄를 용서하시고 우리를 사랑하신다는 것을 믿는 것이 믿음입니다.

사실 신구약성경 전체가 우리에게 가르쳐주는 하느님은

바로 이런 하느님입니다. 사랑 자체이신 하느님, 특히 구세주 그리스도께서 당신의 말씀과 수난과 부활을 통하여 우리에게 알려주시는 것은 바로 이 하느님의 무한한 사랑입니다.

우리에 대한 하느님의 사랑은, 그분은 완전한 분이시기 때문에, 100퍼센트의 완전한 사랑입니다. 우리 인간은 누구를 사랑한다 해도 그렇게 완전무결하게 사랑할 수는 없습니다. 부모가 자식을 사랑한다 해도 그렇게 완전무결하게 사랑할 수 없고, 연인들도 그렇게 완전무결하게 참된 사랑으로 사랑할 수 없습니다.

견진성사, 양재동성당, 1988. 10. 14

하느님의 무한하신 사랑

우리가 오늘 여기에 온 목적은 무엇입니까? 우리는 무엇을 할 것입니까?

사랑은 하느님께로부터 오는 것입니다. 하느님은 사랑이십니다. 사랑은 나보다 남을 더 위하는 것입니다. 나를 희생하여 남을 위하는 것이 사랑입니다. 이 사랑은 하느님께로부터 옵니다. 하느님께서는 우리를 한없는 사랑으로 사랑하십니다.

하느님의 이 사랑을 우리에게 알려주신 분은 누구입니까? 외아들 그리스도이십니다. 하느님은 이 세상을 극진히 사랑하셔서 외아들을 보내주셨고, 외아들 그리스도는 우리를 위하여 사람이 되어 오시고 죽기까지 하셨습니다.

오늘 복음은 예수님께서 "군중이 많이 모여 있는 것을 보시고 목자 없는 양과 같은 그들을 측은히 여기시어 여러 가지로 가르쳐주셨다"(마르 6 : 34)고 말씀하고 있습니다. 예수님은 당신 주변에 모여든 사람들을 참으로 불쌍히 보셨습니다.

예수님은 그만큼 사람들을, 특히 고통받는 사람들을 사랑하셨습니다. 예수님이 빵을 많게 해주신 것도 그들을 사랑하시고 불쌍히 여기셨기 때문입니다.

고통은 나눌수록 적어지고 사랑은 나눌수록 많아집니다. 바로 그 때문에 빵 열두 광주리가 남았습니다. 우리도 예수님을 본받읍시다. 먼저 예수님을 참으로 깊이 믿고 삽시다. 그분이 생명이심을 믿읍시다.

예수님은 "나는 길이요 진리요 생명이다"(요한 14 : 6)라고 하셨습니다. 이 예수님을 믿고 예수님을 따라서 살 때, 우리는 참생명을 얻습니다. 예수님과 함께 있으면 모든 것을 갖게 되고, 예수님을 잃으면 모든 것을 잃습니다. 그리고 예수님은 우리를 사랑하십니다. 그것을 우리는 믿어야 합니다. 예수님의 사랑은 곧 하느님의 사랑입니다.

교황청 어린이전교회 150주년 기념 미사, 동성고 강당, 1993. 1. 5

가없는 사랑

하느님은 믿을 만한 분이십니까?

그렇습니다. 그분은 참으로 믿을 만한 분이십니다. 하느님은 우주 만물을 창조하신 전지전능하신 분이십니다. 그런데 이렇게 전능하시고 위대하신 하느님께서 우리를 한없는 사랑으로 사랑하십니다. 그분은 사랑에서 우리를 창조하셨고 사랑으로 우리를 구원하십니다. 우리에 대한 하느님의 사랑은 진실로 가없습니다. 절대적이고 조건이 없습니다. 우리는 이 사실을 성경 말씀에서 거듭거듭 확인할 수 있습니다. 뿐만 아니라 십자가가 그것을 잘 증명합니다.

예수님은 모든 인간을 사랑하셨지만 그중에서도 죄인들, 가난한 이들, 병자들과 고통 중에 허덕이는 이들을 가까이하셨으며, 특히 죄인들을 가까이하셨습니다. 바리사이파들이 그것을 트집 잡아 비난하자 예수님은 "성한 사람에게는 의사가 필요하지 않으나 병자에게는 필요하다. 나는 의인을 부르러 온 것이 아니라 죄인을 부르러 왔다"(마르 2 : 17)고 하셨습니다.

이와 관련하여 〈루카복음〉 15장에서는 잃어버린 양 한 마리를 찾기 위해 99마리의 양을 들판에 그대로 둔 채 산과 들을 헤맨 끝에 마침내 찾아내서 어깨에 메고 돌아와 사람들과 기쁨을 나누는 이야기를 하시고, 이어서 저 유명한 탕자의 비유를 드셨습니다. 이것은 지난 주일 복음 말씀입니다.

이런 비유에서 주님께서 죄 많은 우리 인간을 얼마나 큰 자비와 사랑으로 대해주시는지 잘 알 수 있습니다.

서울대학교 개강 미사, 1998. 3. 25

깊은 도랑을 건너는 의의

그리스도는 우리를 위한 사랑에서 죽으셨고, 우리를 당신께로 끌어당겨 당신과 영원히 함께 살고 모두가 서로 사랑하면서 함께 영복을 누리기 위해 부활하셨고 "생명을 주는 영"이 되셨습니다. 그리스도의 오심과 수난과 부활은 모두 사랑에서였습니다. 사랑에서 모두를 일치시키고 하느님과 화합시키기 위해서입니다.

사랑은 하느님과 사람, 사람과 사람을 갈라놓는 일체의 장애와 장벽을 제거하고 무너뜨립니다. 불화와 미움 등 모든 죄를 없이 합니다. 드디어는 하느님과 사람, 사람과 사람을 영원히 단절케 하는 죽음을 극복합니다. 하느님의 사랑이 만일 이 죽음을 극복하지 못하면, 죽음 앞에 하느님의 사랑도 결국은 무력하고 무위로 돌아가고 만다면, 그것은 논리에 위배될 뿐 아니라 하느님은 참으로 니체의 표현대로 "죽었습니다."

그런 신은 이미 신이 아닙니다.

그러나 "사랑은 가실 줄을 모릅니다." 하느님은 영원한 생명입니다. 그래서 죄도 죽음도 그 사랑, 그 하느님을 이겨낼 수 없습니다. 그리스도의 부활은 바로 이 사랑이 죄와 죽음을 쳐 이긴 것을 뜻합니다. 그 승리의 확증입니다.

1973, 사순절

우리의 부활

인간은 본성적으로 미래를 바라보고 삽니다. 내일 죽을지도 모르면서 그 내일을 넘어서는 미래를 바라보고 삽니다. 그리고 그 미래는 인간이 지닌 꿈과 동경의 충족이어야 합니다. 이 미래에 대한 희망이 없으면 그의 삶은 이미 죽은 거나 다를 바 없습니다.

그리하여 우리는 유한한 존재이면서 무한을 갈망합니다. 시간적 존재이면서 영원을 갈망합니다. 죽을 존재이면서 불사불멸을 갈망합니다. 그리고 이는 결코 자신의 영혼만을 위해서가 아닙니다. 영혼과 육신의 단일체로서 인간은 그렇게 영원하고 무한한 생명을, 그와 함께 모든 행복의 충족을 갈망합니다. 이는 바로 죄와 죽음에서의 해방, 부활을 갈망하는 것이며 완전하신 하느님을 갈망하는 것입니다. 하지만 유한하고, 시간적이며, 죽을 인생인 우리 자신만으로는 도저히 가능하지 않습니다.

하느님이 우리에게 이를 주셔야 하고 하느님과 우리를 본질적으로 갈라놓는 이 절대의 깊은 도랑을 넘을 수 있는 다리가 있어야 합니다. 하느님은 사랑으로서 이 다리를 놓으셨습니다. 하느님 편에서 먼저 놓으셨습니다.

우리는 이 사랑의 다리를 건너기만 하면 됩니다. 그 사랑에 답하고 그 사랑에 자신을 송두리째 내맡기면 됩니다. 하느님께서 내주시는 그 손을 잡기만 하면 됩니다. 이는 바로 하느님을 전적으로 믿고, 그분에게 모든 희망을 걸고, 그분을 온전한 마음과 정신과 힘으로 사랑하는 것입니다.

그러면 우리도 하느님과 함께 영원히 삽니다. 사랑 자체이신 하느님은 바로 이를 위해 — 당신을 우리에게 주시기 위해 — 외아들을 보내셨고, 그 외아들 예수그리스도는 우리를 위해 죽으시고 부활하셨습니다. 우리에게 죄와 죽음에서의 해방, 곧 부활의 생명 — 영원하고 무한한 하느님의 생명 — 을 주시는 것입니다.

"그리스도와 함께 죽으면 그리스도와 함께 부활한다"(로마 6 : 8)고 사도 바오로는 말씀하셨습니다. 그리스도와 함께 죽는다는 것은 그리스도와 같이 사랑한다는 뜻입니다. 그러면 사랑으로써 그리스도와 함께 다시 산다는 뜻입니다.

우리는 희생 대신에 안이를 더 찾고 있습니다. 누구를 위해서도 참으로 십자가의 정신으로 수고하기는 싫어합니다. 우리를 지배하는 것 역시 물질주의입니다. 모두가 더 편한 자리를 원하고 물질적으로 더 부유해지기를 바랍니다. 돈이 있으면 주님께 봉사하는 데도 보람을 더 느낍니다. 이것은 결국 십자가의 정신이 오늘의 교회에서 그만큼 없다는 것을 증명합니다.

1973, 사순절

사랑의 증거, 십자가

십자가는 사랑의 증거입니다.

또한 동시에 사람이신 그리스도를 통하여 표현된 하느님에 대한 참인간의 사랑과 충성의 증표입니다. 그 때문에 십자가는 하느님과 인간의 화해와 일치의 표요, 모든 인간과 인간의 화해와 일치의 표입니다.

십자가에는 가로와 세로가 있습니다. 가로의 하느님께 대한 사랑이 참되면, 세로의 인간에 대한 사랑에 반대될 수 없고, 세로의 인간에 대한 사랑이 참되면, 가로의 하느님에 대한 사랑에 방해될 수 없습니다.

십자가를 빼면 그리스도교만이 무의미해지지 않습니다. 세상 자체가, 인간 자체가 무의미해집니다. 인류 역사가 시작된 이후 오늘까지 수없이 많은 제국과 왕국, 부귀와 영화의 권세가 흥망성쇠를 거듭하면서 지배해왔습니다. 인간은 아직도 이것이 지닌 매력과 유혹을 벗어나지 못하고 있습니다. 그러나 그런 모든 것이 인간을 참으로 인간답게 구해본 일은 없습니다. 그것은 인간을 부패시키고, 타락시키고, 사회를 비인간화해왔고, 또한 오늘도 그렇습니다.

왜 하느님의 아들이 십자가에 못 박혔느냐? 왜 이 처참한 죽음을 스스로 택했느냐? 어떻게 해서 이 죽음이 죽음의 극복이요 부활의 전제냐? 어떻게 해서 이 죽음이 인간의 궁극적인 해방과 구원을 가져오는 것이 되느냐? 어떻게 해서 이렇게 죽는 그리스도가 하느님 나라의 건설의 초석이냐? 그 이름이 모든 것의 구원의 이름이냐? 십자가는 무엇이냐?

우리는 이렇게 수없는 질문을 던질 수 있습니다. 십자가는 그 자체로서 결코 좋은 것이 아닙니다. 아름다운 것도, 거룩한 것도 아닙니다. 그것은 희랍인에게만 아니라 현대인에게도 어리석음입니다. 유대인에게만 아니라 현대인에게도 스캔들(Scandal)입니다. 그러나 십자가를 두려워하지 않고 스스로 진 자만이 죽음을 극복할 수 있습니다. 그 홀로 참된 인간의 자유를 제시할 수 있습니다. 어떤 위협도, 유혹도, 세상 권세에서도 해방된 참자유의 모습이 여기 있습니다.

바로 이 같은 온갖 유혹을 뿌리치고, 불의(不義)의 고발에도 불구하고, 불의의 재판에도 불구하고 두려움 없이, 진리를 위해, 정의를 위해, 사랑을 위해 십자가를 진 자만이 인류의 미래를 밝혀주는 진리의 등불, 사랑의 등불, 정의의 등불, 꺼질 줄 모르는 태양이 될 수 있습니다.

십자가는 사실 혁명입니다. 세상은 권세로써 지배합니다. 물력(物力)으로써 지배합니다. 수단과 방법을 가리지 않는 악으로 지배합니다. 이것을 타파한 것이 그리스도의 십자가입니다. 세상은 그런 것이 아닌 진리와 정의와 사랑으로 지배할 때 참된 인간 세상, 밝고 의로운 세상, 하느님의 뜻이 지배하는 세상, 구원된 세상이 될 수 있다는 것을 십자가는 증거합니다.

1973, 사순절

사랑의 불

오늘 복음(루카 12 : 49~53)에서 예수님은 “나는 이 세상에 불을 지르러 왔다. 이 불이 이미 타올랐다면 얼마나 좋겠느냐?”라고 말씀하셨습니다.

예수님이 말씀하시는 불이란 어떤 불이겠습니까? 그것은 말할 것도 없이 사랑의 불입니다. 사랑 자체이신 하느님의 그 사랑, 그 절대적이요 조건 없는 사랑으로 세상을 변화시키기 위해 오셨습니다.

예수님은 이런 사랑의 불로써 우리 인간이 남을 사랑하지 아니함으로써 지은 모든 죄, 남을 미워함으로써 지은 모든 죄, 남과 다투고 남을 해치고 남을 속이고 남에게 상처를 입힘으로 범한 모든 죄, 한마디로 미움과 다툼과 불의와 부정으로 지은 모든 죄를 불살라버리시려 세상에 오셨습니다. 그분은 참으로 이 사랑을 위해서 당신의 생명을 바치셨습니다. 벗을 위하여 자기 목숨을 바치는 것보다 더 큰 사랑은 없다고 스스로 말씀하신 대로 우리를 위하여 당신 자신의 생명을 사랑으로 바치셨습니다.

예수님이 "불을 지르러 왔다"는 말씀에 이어서 "내가 받아야 할 세례가 있다. 이 일을 겪어낼 때까지는 내 마음이 얼마나 괴로울지 모른다"고 하신 것은 분명히 이렇게 당신의 생명을 우리를 위해 바치시는 당신의 수난을 두고 하신 말씀입니다.

예수님도 하느님의 아들이시지만, 동시에 인간으로서 당신이 겪을 수난, 십자가의 죽음을 바라보시면서 몹시 괴로워하셨습니다. 〈마태오복음〉이나 다른 복음서에 보면 수난 전날 저녁에는 내 마음이 죽기까지 괴롭다고 하셨습니다. 그리고 아버지 하느님께 기도드릴 때는 "아버지, 할 수만 있다면 이 잔을 제게서 멀리하여주소서"라고 호소하셨습니다. 그러나 즉시 "제 뜻대로 마시고 아버지의 뜻대로 하소서" 하시며 수난을 향하여 용감히 걸어가셨습니다.

그만큼 주님은 우리를 사랑하셨습니다. 우리 모두의 죄 사함과 우리 모두를 구하기 위하여 주님은 당신이 겪을 수난의 고통을 잘 아시면서 이를 주저치 않으시고 받아들였습니다.

금융인 미사, 명동대성당, 1994. 10. 20

자아실현의 뿌리

성경의 하느님은 참으로 자비롭고 사랑 자체이시며 모든 인간을 사랑하십니다. 하느님의 최대 관심사, 그것은 인간이며, 하느님이 가장 존귀하게 보는 자, 그는 사람이며, 하느님이 가장 사랑하는 자, 그는 사람입니다. 내가 세상 모든 이로부터 버림을 받아도 하느님만은 나를 버리시지 않습니다. 끝까지 나를 믿고 사랑해주시는 분, 그분이 하느님이십니다.

하느님이 우리에게 요구하시는 것은 지식도 공적도 아니요, 더구나 돈이나 지위가 아닙니다. 오직 하나, 하느님께 자기를 여는 것입니다. 그분의 은총이 우리 마음을 적셔주고 밝혀주고 살려줄 수 있도록 겸허하게 마음의 문을 여는 것, 즉 당신의 사랑에 대해 우리도 사랑으로 응답하는 것, 그것만을 원하십니다.

인간의 자아실현은 확실히 참으로 인간 된 마음에 있고, 그것은 진실하고 성실한 사랑, 하느님 사랑 속에 있습니다.

여러분 모두에게 건강과 행복을 빕니다.

졸업식, 성심여대, 1983. 2. 17

너희는 빛과 소금이다

우리는 믿는 이들로서 오늘의 세상 속에서, 물질주의와 황금만능주의, 이로 말미암아 부정부패가 만연한 이런 세상 속에서 부패를 막는 소금이 되고 어둠을 밝히는 빛이 되어야 하겠습니다.

그런데 우리는 어떻게 빛과 소금이 될 수 있습니까?

어떻게 프란체스코의 '평화의 기도'의 말씀대로 사랑과 용서, 일치와 평화를 그리고 희망을 가져다주는 사람이 될 수 있습니까?

우리 자신의 힘만으로는 가능하지 않습니다.

그것은 참으로 우리가 믿음을 깊이 살 때 가능합니다. 믿음을 깊이 삶으로써 그리스도 안에 살 때 가능합니다.

주님은 우리를 죽기까지 사랑하십니다.

우리가 이런 사랑을 받을 자격이나 권리가 있습니까?

물론 없습니다.

그런데도 주님은 우리를 죽기까지 사랑하십니다.

참으로 우리에 대한 주님의 사랑, 하느님의 사랑은 절대적입니다. 조건이 없습니다.

믿음이란 다른 것이 아닙니다. 이 하느님의 사랑, 주님의 사랑을 믿는 것입니다.

우리 모두를, 우리 각자를, '나'를, 죄 많은 나를 죽기까지 사랑하시는 그 사랑을 믿는 것입니다.

전국 공무원 피정 미사, 올림픽체조경기장, 1996. 5. 12

진리는 그리스도의 사랑

만물을 창조하신 하느님, 나에게 존재와 생명을 주신 하느님이십니다. 이 하느님은 사랑 자체이시며, 우리를 한없는 사랑으로 사랑하십니다. 진리란 어떤 추상적 논리가 아닙니다. 우리에 대한 하느님의 사랑입니다. 하느님은 우리를 절대적이고 조건 없는 사랑으로 창조하셨고, 또 이 같은 사랑으로 우리를 구원하십니다. 이것이 진리입니다.

성경에 예수님이 친히 "진리가 너희를 자유롭게 해줄 것이다"(요한 8 : 32)라고 하셨습니다. 예수님이 말씀하신, 우리에게 자유를 주는 진리는 바로 하느님의 사랑입니다.

하느님이 우리를 절대적이고 조건 없는 사랑으로 사랑하신다는 것을 우리가 깨달을 때, 내가 잘나거나 무슨 자격이 있어서가 아니고 오히려 반대로 못나고, 죄 많고, 변덕스럽고, 불충실한데도, 이런 나를 하느님이 잘 아시면서도 나에 대한 하느님의 사랑에는 변함이 없다는 것을 우리가 깊이 깨달았을 때, 우리는 참으로 마음의 평화와 자유를 누릴 것입니다.

하느님이 이렇게까지 우리를 사랑하시는 것을 무엇으로 증거할 수 있습니까? 물론 신구약성경 말씀 전체가 증거하는 것이 바로 이것입니다. 하느님은 사랑이시고, 우리를 사랑에서 지으셨고, 사랑으로 구원하신다는 것입니다. 하느님의 사랑은 참으로 우리의 상상, 우리의 지식, 그 모든 것을 초월하는 것이요, 그리스도를 통해서 드러나는 것입니다.

얼마나 깊은 진리입니까? 우리 인생의 길을 환히 밝혀주는 진리가 아닙니까? 절망에 빠진 인간일지라도 그를 그 절망에서 구해낼 뿐 아니라, 참생명의 빛으로 비추어주는 진리가 아닙니까?

우리에게 가장 소중한 것은 이 진리를 깨닫는 것입니다.

성소후원회 유공자 미사, 명동대성당, 1995. 1. 6

착한 목자를 부르시는 예수

다시금 "나는 착한 목자다. 나는 내 양들을 알고, 내 양들도 나를 안다. 이것은 마치 아버지께서 나를 아시고, 내가 아버지를 아는 것과 같다"(요한 10 : 15)라고 하십니다. 누구를 잘 알기 위해서는 사랑해야 됩니다. 따라서 여기 안다는 말의 뜻은 사랑한다는 것입니다.

그러므로 이 말씀의 뜻은 예수님이 아버지께서 당신을 사랑하시는 그 사랑으로 우리를 사랑하시고 또 당신이 아버지를 사랑하시는 그 사랑으로 우리를 사랑하신다는 것입니다. 이 사랑 — 하느님의 사랑 — 은 참으로 완전한 사랑이요, 조건 없는 절대적 사랑입니다. 그 때문에 예수님은 우리를 위하여 당신의 목숨까지도 내놓으십니다.

나를 구하기 위하여 주님은 당신의 목숨까지 내놓으십니다. 당신의 전 존재를 내놓으십니다. 때문에 나의 구원은 확실합니다. 우리의 구원은 확실합니다. 그러면 누가 우리를 단죄할 수 있습니까?

견진성사, 옥수동성당, 1985. 4. 28

하느님의 사랑을 부어주시는 성령

〈요한복음〉 7장 37절부터 39절을 보면 이런 말씀이 있습니다. "목마른 사람들은 다 나에게 와서 마셔라. 나를 믿는 사람은 성서의 말씀대로 그 속에서 샘솟는 물이 강물처럼 흘러나올 것이다." 그러고는 이것은 예수님께서 당신을 믿는 사람들이 받을 성령을 가리켜 하신 말씀이었다고 주석을 붙이고 있습니다.

다시 말해, 성령을 받는 사람은 그 성령의 힘으로 하느님의 생명을 충만히 받아서, 그것이 마치 샘솟는 물이 강물처럼 흘러넘치듯 그렇게 넘치리라는 것입니다. 우리가 성령께 우리의 마음을 열고 언제나 그렇게 겸손하게 성령에 따라서 산다면, 우리는 이 같은 은혜가 내 안에 시작되고 있음을 감사하게 될 것입니다.

이것은 물론 단순한 느낌의 문제가 아닙니다. 믿음의 문제입니다. 우리가 예수님께서 우리에게 약속해주신 그 말씀을 믿고, 그분께 끊임없이 나아가서 그분의 말씀과 그분 자신을 마치 목마른 사람이 물을 마시듯 마실 때에, 우리는 분명히 우리 안에 하느님의 신선한 생명이 샘솟고 드디어는 강물처럼 흘러내리는 것을 깨닫게 될 것입니다.

그리하여 성령은 우리의 마음을 하느님의 사랑으로 가득 채워줄 것입니다. 그래서 우리는 어떤 믿음의 시련을 겪더라도 인내로써 이겨낼 수 있고, 어두운 삶 속에서도 희망을 잃지 않을 것입니다. 심지어 인간적인 나약으로 죄에 떨어졌을 때도 실망과 좌절에 빠지지 않을 것입니다. 하느님의 사랑을 굳게 믿기 때문입니다. 그래서 사도 바오로는 〈로마서〉 5장 5절에서 "이 희망은 우리를 실망시키지 않습니다. 우리가 받은 성령께서 우리 마음속에 하느님의 사랑을 부어주셨기 때문입니다"라고 하였습니다.

우리가 이런 하느님의 사랑으로 살 때 참으로 남을 형제와 같이 사랑할 수 있습니다. 나에게 잘못한 사람도 용서해줄 수 있고, 심지어 원수까지도 용서하고 형제적 사랑으로 받아들이는 넓고 깊은 사랑을 할 수 있습니다. 인간적 사랑만으로는 내가 좋아하는 사람, 나에게 잘해주는 사람, 마음에 드는 사람을 사랑할 수는 있지만 싫은 사람, 더구나 원수를 용서하고 사랑할 수는 없습니다.

그러나 성령은 우리 마음속에 하느님의 사랑을 부어주심으로써 이를 가능케 합니다. 성령은 모든 이들, 인종, 국경, 민족, 언어, 피부색, 사회적 계급 등 모든 차별의 장벽을 무너뜨리고, 사랑으로 하나로 엮는 힘을 가진 분입니다. 그래서 일치의 성령이라고 합니다.

이런 현상은 〈사도행전〉 2장을 보면 바로 성령강림일, 곧 성령이 처음 임하신 날 일어났습니다. 그날 많은 사람들이 사도들의 설교를 듣고, 개종하고 믿음을 갖게 되었습니다. 그런데 그들은 예루살렘에 사는 사람들만이 아니라 메소포타미아, 유대, 아시아, 이집트, 리비아 등 여러 나라에서 여러 가지 언어를 쓰는 사람들이었는데, 그들은 다 성령의 힘으로 사도들의 복음 말씀을 자기 말로 알아듣고, 언어나 민족, 인종의 차를 넘어서 한 믿음의 가족이 되었습니다. 〈사도행전〉에 보면 그들은 그 후 서로 재산까지 나누어 가질 만큼 형제적 사랑으로 일치되었습니다.

오늘도 우리는 이런 현상이 일어나고 있다고 말할 수 있습니다. 우리 믿음에 사는 사람들은 백인이든 흑인이든 믿음으로써 그리스도 안에 형제로 봅니다. 수많은 민족, 사회에서 온 사람들이 그리스도의 한 교회를 이루고 있습니다. 거기에서 아직도 참된 의미의 형제적 사랑을 느끼지 못하면, 그것은 성령 탓이 아니라 우리가 성령께 우리 자신을 온전히 열지 않기 때문입니다.

이렇게 성령께서 우리를 하느님의 생명, 하느님의 사랑으로 가득히 채워주실 때, 우리의 내적 모습은 그리스도의 모습을 닮게 됩니다. 바로 오늘 주일 복음에서 보듯이, 다볼 산에서 태양같이 빛나고 눈같이 흰빛으로 싸인 그리스도의 모습을 마지막 날, 부활 때 온전히 닮게 됩니다.

그리스도를 닮는 것이 견진성사가 지닌 깊은 의미입니다. 우리는 날로 그리스도를 더욱 닮을 수 있도록 살아야겠습니다. 그것은 그리스도께서 가신 길, 수난과 십자가의 길까지 같이 가는 것입니다. 예수님도 오늘 그와 같은 찬란한 모습을 보여주신 후, 그것이 당신의 수난과 연결됨을 말씀하셨습니다. 수난을 겪고 십자가에서 돌아가신 후 부활하심으로써 그런 영광된 모습을 취하게 하심을 암시하신 것입니다.

견진성사, 명동대성당, 1980. 3. 3

가난하고 봉사하는 교회

고통 받는 이들 안에서 만나는 예수님

그리스도께서 여러분을 부르십니다

사람들의 아픔에 교회도 책임이 있다

사랑의 등불로 세상 어둠을 밝히자

사랑해야 하는 이유

예수께서는 가난한 하느님을 드러내신다

치유자이신 그리스도의 사랑

가난을 사르는 사랑의 등불

간호와 그리스도의 사랑

어려운 형제에게 더 따뜻한 진료를

사랑을 실천하신 분들

21세기의 사제

사제 성화의 날

예수님과 함께 살려면

6장

사랑을 실천하시는 분들께

가난하고 봉사하는 교회

사랑은 단순한 윤리만이 아닙니다. 하나의 도덕만이 아닙니다. 그것은 생명 자체입니다. 바로 하느님이십니다. 우리는 실생활 속에 이 사랑을 증거해야 합니다. 그것은 바로 우리 가운데 생활하신 하느님을 증거하는 것이요, 바로 사람이 되어 강생하신 성자 그리스도를 증거하는 것입니다. 사랑의 증거는 희생을 요구합니다. 그리스도에게 그러했듯이 십자가를 요구합니다.

오늘의 교회가 진실히 이 사회 속에서 인류의 구원이신 그리스도를 증거하기 위해서는 십자가를 질 줄 알아야 하겠습니다. 가난한 이들, 굶주린 이들, 옥에 갇힌 이들, 병든 이들, 그 외에 정신적 · 육체적 고통 중에 있는 모든 이들의 그 고통을 대신 질 수 있을 때, 우리는 참으로 그리스도를 오늘날 이 사회 속에 탄생시키는 교회가 될 수 있을 것입니다. 왜냐하면 그 불우한 사람들과 그리스도는 하나이시기 때문입니다(마태 25 : 35~46 참조).

우리는 밀알과 같이 썩어야 합니다. 성직자 · 수도자 · 신자 — 우리 모두는 우리 자신을 살리기 위해서나 세상을 살리기 위해서 썩어야 합니다.

이것이야말로 그리스도의 새로운 생명을 이 세상에 풍요케 하는 길입니다. 이것이야말로 온 땅을 새롭게 하는 성령에 의하여 하느님으로 충만한 새로운 하늘과 새로운 땅의 건설, 새로운 역사 창조의 길입니다.

성탄절 메시지, 1973. 12. 25

고통 받는 이들 안에서 만나는 예수님

예수님은 굶주린 이, 헐벗은 이, 병든 이, 옥에 갇힌 이, 나그네 등 고통을 겪고 있는 사람과 당신을 일체화시키면서 이들 중 하나, 곧 보잘것없는 형제 하나에게 해준 것이 당신에게 해준 것과 같다고 하셨습니다.

예수님은 그만큼 모든 인간을, 그중에서도 버림받고 고통 받는 이들 한 사람 한 사람을 당신 자신과 같이 사랑하십니다. 우리 자신이 고통 중에 있을 때도, 아무도 나를 가까이하지 않을 때도 예수님은 나와 같이 계시고, 나의 고통, 나의 고독, 나의 모든 것을 나와 나누고 계십니다.

예수님의 사랑은 참으로 오늘 독서 〈에페소서〉의 말씀대로 인간의 모든 지식을 초월합니다. 우리는 이 예수님을 깊이 알고 사랑하여야 하겠습니다. 아무도 이렇게 예수님을 본받아 사랑하지 않고서 참된 인간의 삶을 살 수 없고 참인간이 될 수 없습니다.

우리 사회에 만연해 있는, 오늘의 가치관 부재, 도덕의 타락과, 여기서 오는 인명 경시를 비롯한 모든 문제를 극복하기 위하여 우리가 참된 인간이 되는 것입니다. 그것은 사랑함으로써 가능합니다. 특히 버림받고 소외된 이, 지체장애인, 노약자, 어린이 등을 참으로 사랑함으로써, 추상적인 사랑이 아니라 구체적으로 사랑함으로써입니다.

그렇기에 애덕의 집의 일은 여기 사는 분들에게 필요한 도움을 주는 일이면서 동시에 우리 자신을 사람답게 만드는 일입니다. 우리 사회를 인간적인 사회로, 아름다운 사회, 밝은 사회로 만드는 것입니다. 그리고 무엇보다도 이것은 이분들 안에 있는 예수님을, 우리의 길이요 진리요 생명이신 그리스도를 만나는 길입니다. 그러면 하느님께서는 다시금 오늘 독서의 말씀대로 우리 안에서 우리가 바라거나 생각하는 것보다 훨씬 더 풍성하게 베풀어주실 것입니다.

축성식, 애덕의 집, 1991. 10. 23

그리스도께서 여러분을 부르십니다

그리스도를 머리로 하는 교회는 본질적으로 사랑의 공동체가 되어야 합니다. 머리이신 그리스도와 우리 각자가 사랑으로 맺어지면서 우리는 동시에 우리 서로도 사랑으로 맺어져 있어야 합니다. 여기에 구원이 있고 생명이 있습니다. 이것을 달성하기 위해서 그리스도는 당신의 성령을 통해서 당신의 사랑을 우리들 마음속에 부어주시고 당신 생명을 부어주십니다. 하느님이신 분이 이렇게까지 당신을 우리에게 남김없이 주십니다. 우리가 이 사랑을 받을 자격도, 가치도 없는데도 또 우리가 죄가 많은데도 말입니다.

이제 여러분, 이 그리스도께서 여러분만을 믿으시고 여러분을 부르십니다. 여러분을 통해서 당신의 복음을 전파하고 여러분을 통해서 당신의 생명과 사랑을 모든 이에게 미쳐 모든 이가 그리스도 안에 삼위일체이신 하느님 안에서 하나가 되게 하기 위해서입니다.

우리는 그리스도를 닮아서 그리스도의 사랑의 도구, 평화의 도구 되어야 합니다.

아시시의 성 프란체스코의 '평화의 기도'에서와 같이 우리는 미움이 있는 곳에 사랑을, 다툼이 있는 곳에 용서와 화해를, 그릇됨이 있는 곳에 진리와 정의를, 불신풍조 속에 믿음을, 슬픔이 있는 곳에 기쁨을, 어둠에는 빛을 심는 자 되고, 그리하여 절망이 있는 곳에 희망의 등불을 밝히는 자 되어야 합니다.

이를 위해서 우리는 그리스도처럼 사랑받기보다는 사랑하고, 이해받기보다는 이해하는 사람, 자기의 생명까지 내어주는 사람이 되어야 합니다. 우리의 생활 자체를 참으로 크리스천 생활화해야 합니다. 그리스도가 나의 생의 모든 것 되어야 합니다.

꾸르실료 15주년 기념 미사, 울뜨레아, 1982. 10. 16

사람들의 아픔에 교회도 책임이 있다

십자가는 어리석다. 약하고 가난하다. 그러나 성부에 대한 깊은 사랑의 순종과 온 인류를 위한 사랑이 이 십자가에 나타나 있다. 그리스도가 힘으로 군림했다면 그것이 그렇게도 우리에게까지 절실한 사랑의 외침은 될 수 없었을 것이다.

마음의 세계는 사랑으로서만 지배할 수 있다. 십자가의 그리스도는 약해 보이고 가난하고 어리석어 보이지만 이보다 더 강한 힘은 없다. 세상의 어떤 지혜도 생각해낼 수 없는 구원의 방법이다.

우리 구세주께서는 팔리시던 날 밤 최후의 만찬 중에 당신의 살과 피로써 감사의 제사(미사성제)를 제정하셨으니, 이는 당신이 재림하시는 날까지 십자가의 제사를 세세에 영속화하고, 또한 사랑하는 당신의 정배인 성교회에 당신의 죽으심과 부활의 기념제를 위탁하시기 위함이었다. 이 제사는 자비의 성사요, 일치의 표징이요, 사랑의 맺음이며, 또한 그리스도를 받아 모시게 하여 마음을 은총으로 충만케 하고 우리에게 장래 영광의 보증을 주는 파스카(유월절), 즉 죽음에서 영광된 새 생명으로 건너가게 하는 잔치다.

– 전례헌장 47항

이렇게 볼 때 감사의 제사는 인류의 해방과 일치와 구원의 생명이 되는 성사다.

성체성사에 보이는 이 같은 해방과 일치와 구원의 생명 — 세상에 굶어 죽는 자가 아무도 없이 모두가 배부르게 될 수 있는 생명의 빵 — 의 의미와 정신은 결코 교회만을 위해서가 아니다. 그것은 그리스도가 세상을 위해서 오셨고, 교회가 세상을 위해서 세상 속에서 파견되어 있는 만큼 어디까지나 인류 세계를 위해서다(교회헌장 9항).

교회는 진실히 성체성사의 사랑을 인류 세계에 드러낼 때 참으로 교회다. 교회헌장 33항에서는 "특히 성체성사로써 하느님과 사람에 대한 사랑이 주어지고 길러지는 것이며, 이 사랑이야말로 전 사도직의 생명이라고 할 수 있다"고 천명했다. 과연 교회의 “모든 사도직 수행이 사랑에서 시작되고 사랑에서 얻어야 한다……. 사랑의 표현을 그리스도께서는 당신의 메시아적 사명의 표지이시기를 원하셨다.”(평신도 8항)

그렇다면 “전 인류를 위하여 일치와 희망과 구원의 가장 강력한 싹이 되는”(교회헌장 9항) 인류의 메시아적 백성인 교회는 분명히 오늘의 인류 앞에 성체성사의 사랑을 현실적으로 눈으로 보고 피부로 느낄 수 있도록 증거해야 할 의무를 지고 있다.

오늘의 교회는 결코 전 세계의 무수한 사람의 굶주림, 그 아픔과 비명을 보지도 듣지도 못했다고 말할 수 없다. 그들의 비명의 울부짖음에 대하여 교회는 아무런 책임도 없다고 말할 수 없다.

1971

사랑의 등불로 세상 어둠을 밝히자

하나님에 대한 믿음이란 하나님이 나를 사랑하신다는 것을 믿는 것입니다. 하나님이 나의 죄와 부족, 결함과 못남을 다 잘 아시면서도 사랑하시고, 또한 그 사랑으로서 나는 구원된다는 것을 믿는 것이 믿음입니다. 뿐만 아니라 도대체 나의 존재가 그 사랑에서 왔고, 인간의 존엄성이 하나님의 조건 없고 절대적인 사랑 때문임을 우리는 인식해야 합니다.

이렇게 나는 죄인이요 부족한 존재인데도 하나님은 거듭 용서해주시고 사랑으로 받아주신다는 것을 깨닫고 믿을 때 우리는 참으로 이웃의 잘못을 더 쉽게 용서해주고 이웃의 결함을 받아줄 수 있습니다. 하느님께 자신이 용서받았다는 고마움을 깊이 깨달은 사람만이, 또 그 용서의 필요성을 간절히 소망할 만큼 자신의 잘못을 아는 사람만이 남을 용서해줄 수 있습니다.

아무튼 하느님은 우리를 아직도 믿어주시고 사랑하십니다. 하느님은 내가 마음으로 받아들이지 못하는 그 사람을 받아주고 사랑하십니다.

그렇다면 내가 무엇인데 남을 믿지 못하고 남을 판단할 수 있습니까? 내가 하느님보다 더 높을 수는 없지 않습니까? 세상에 구세주로 오신 그리스도는 바로 이 사랑을 우리 안에 심고 이 사랑으로 우리를 구원하시고, 이 사랑 속에 우리를 하나로 묶기 위해서 목숨까지 바치셨습니다. 성령을 보내시고 교회를 세우셨습니다.

따라서 교회는 근본적으로 사랑의 공동체여야 하고 사랑을 세상에 펴나가야 합니다. 그리스도와 함께 자신의 몸을 십자가에 바치며 자신을 불태워 사랑의 등불을 세상 어두움 속에 밝히는 것이 그리스도의 몸인 교회입니다.

그렇기에 믿는 이들끼리 서로 기쁨과 슬픔, 가진 모든 것을 나누고 이 나눔을 이웃과도 함께 하는 것은 교회의 본질입니다.

〈사도행전〉에 나오는 초대 교회처럼(2 : 43~47, 4 : 32~35) 본당 신자 모두가 믿음과 사랑 속에 하나 되어 함께 기도하고 함께 가진 것을 나눌 줄 알 때 "아버지와 내가 하나인 것처럼 이 사람들도 하나 되게 하여주십시오"(요한 17 : 11)라고 비신 그리스도의 기도가 성취됩니다. 또한 이것이 바로 하느님 나라의 시작입니다.

우리는 매일의 삶을 성령에 힘입어 새롭게 함으로 우리 본당을 믿음과 사랑으로 하나 되는 공동체로 만드는 데 최선을 다해야겠습니다. 이 한 해는 진정 우리 모두에게 '은총의 해' 될 것입니다.

권두언, 《경향잡지》, 1982. 1

예수께서는 가난한 하느님을 드러내신다

사랑으로 인간의 고통에 응해야만 합니다. 아마도 여기에 교회가 해야 할 중대한 현안이 있을 수 있는데, 비록 그러한 현안이 쉽게 해결될 수 있는 것은 아니지만, 이를 파악하는 것은 그리 어렵지 않습니다.

수많은 교회의 활동들이 얼마나 사랑 없이 수행되고 있습니까? 교회는 사람들의 고통에 눈먼 장님이나 귀머거리가 되어서는 안 됩니다. 교회는 고아들, 양로원, 병원, 난민 수용소 등으로 달려갑니다. 교회는 본당과 학교들을 설립하기도 합니다. 그러나 교회가 이러한 일들을 얼마나 사랑 없이 행하고 있습니까?

이 같은 차원에서 교회의 활동이 타인을 향한 사랑으로, 응답으로 이어질 때, 그곳에서 복음화는 수행될 것입니다. 그러나 교회의 활동이 단순히 의무감에서, 습관적으로 혹은 어떤 일을 수행하기 위해서 이루어질 때, 복음화는 충분히 이루어질 수 없을 것이며, 결코 복음화되지 않을 것입니다.

예수님이 행하셨던 모든 행위에 일치와 효력을 주는 것은 바로 예수님 마음 안에서 흘러나온 사랑입니다. 교회가 어느 정도 그 효력과 그리스도의 투명성에 가까이 다가갈 수 있으려면, 오로지 사랑을 회복하고 지속적으로 그러한 사랑을 교회 생활 안에서 드러나도록 해야 합니다.

교회는 육체적이거나 자연적인, 혹은 영성적인 것에서 인간을 분리하는 것을 중단해야 합니다. 교회는 무엇보다도, 단지 영성적인 것에 집중하는 일을 멈추어야 합니다. 그것은 우리의 스승인 예수그리스도의 길이 아니기 때문입니다. 교회는 성령의 사랑으로 알려지는 인간의 요청에 대해서 인간적 응답으로 시작해야 합니다. 교회는 복음화를 이미 수행된 어떤 다른 활동으로 생각해서는 안 됩니다. 다름 아니라 복음화는 교회를 위해서 — 그러나 실상은 예수님을 위해서 — 인간을 향한 교회의 사랑의 표현이 분명합니다.

마닐라 국제선교대회, 1979. 12

치유자이신 그리스도의 사랑

제가 더 말씀드릴 필요 없이 수도회나 교회가 병원을 경영하는 목적은 영리에 있지 않습니다. 또 국민보건 향상에 이바지하고 있지만, 그것이 첫째 동기도 아닙니다. 우리의 첫째 동기는 참으로 치유자이신 그리스도, 그분의 사랑, 특히 가난하고 병든 사람들에게 보여주신 그 사랑을 살기 위해서입니다.

그리스도는 이런 사람들을 위해서 당신을 전적으로 바치신 분이십니다. 그분의 간절한 소망은, 오늘 들은 〈요한복음〉 17장의 대사제의 기도에서 잘 드러나듯이, 모든 이가 삼위일체이신 하느님의 그 무한한 사랑 속에 살고, 그 사랑으로 하나가 되는 것입니다. 따라서 수도회가 하는 모든 일도 이것이 목적입니다. 교회나 수도회의 존재 이유가 바로 여기에 있습니다.

우리가 참사랑을 살기 위해서는 먼저 하느님이 우리를 얼마나 사랑하시는지를 깊이 깨닫는 것이 중요합니다. 오늘 복음에서 예수님은 "아버지께서 나를 사랑하신 것처럼 이 사람들도 사랑하셨다는 것을 알게 하려는 것입니다"라고 하셨습니다. 이 말씀은 곧 하느님은 우리를 당신 성자이신 예수그리스도를 사랑하시는 그 같은 사랑으로 우리를 사랑하신다는 것입니다.

우리는 '설마 그럴 리가……?' 하고 믿기 힘들어하겠지만, 우리에 대한 하느님의 사랑은 이같이 큽니다. 우리가 잘나서가 아닙니다. 우리의 못남, 죄와 부족에도 불구하고 하느님은 이렇게 큰 사랑으로 우리를 사랑하십니다.

우리가 이것을 깊이 깨닫는다면 우리는 언제나 어떤 환경에서나 감사 속에 살고, 또 남을 기쁘게 사랑할 수 있을 것입니다.

저는 성바오로병원의 모든 이가 이런 깨달음과 믿음 속에 살고 계시므로 행복하시고, 동시에 여러분의 봉사와 이 병원을 통해서 모든 병자들이 영육 간에 치유의 은혜를 입어 그분들과 그분들의 가족 역시 주님의 사랑을 깨닫고 삶으로써 모든 이가 예수께서 기도하신 그 일치 속에 하나 되는 기쁨을 누리도록 기원합니다.

성바오로병원 개원 25주년 미사, 1986. 5. 15

가난을 사르는 사랑의 등불

자선은 금전적 여유가 있을 때 하는 것이 아닙니다. 나에게 필요한 것은 남을 위해 베풀 줄 알 때 그것이 곧 자선이요 사랑입니다. 하늘나라는 우리에 대한 하느님의 무한한 사랑을 믿고 그 사랑 속에 살면서 사랑을 실천하는 것으로 이룩됩니다. 사랑을 실천하면 주님은 우리에게 필요한 것을 무엇이든지 다 섭리해주실 것입니다.

하지만 등불을 밝히기 위해서는, 즉 사랑의 등불을 밝히기 위해서는 자신을 불태워야 합니다. 이 병원이 그런 등불이 되기 위해서는 먼저 성가소비녀회 수녀님들 모두가 남을 위해 자신을 바치신 주 그리스도의 사랑을 사는 사람들이 되어야 합니다.

성가병원 개원 미사, 1990. 7. 12

간호와 그리스도의 사랑

오늘 여러분은 그리스도의 마음으로, 그분이 우리를 사랑하시는 그 사랑으로 간호할 줄 아는 간호사가 되고자 이 자리에 모였다고 생각합니다.

사랑으로 간병하는 것은 참 좋은 일인데 절대로 쉬운 일이 아닙니다. 어떤 날은 기쁘게 봉사할 수 있었지만 어떤 날은 전혀 반대로 기계적으로 환자를 대하기 쉽고, 피로가 겹치면 오히려 신경질이 나고 환자에게나 동료에게나 누구에게나 무의식중에 불친절할 수도 있습니다.

그럼 어떻게 하면 좋습니까? 우리는 누구나 사랑이 얼마나 좋은 것인지 잘 압니다. 그리고 사랑이 없으면 오늘 독서의 말씀대로 우리가 하는 모든 것이 헛되다는 것도 압니다. 그런데 어떻게 하면 사랑할 수 있는지 잘 모릅니다.

우리가 사랑하기 위해서는 먼저 우리는 얼마나 주님으로

부터 사랑받고 있는지를 깨달아야 합니다. 예수님은 오늘 복음에서 "아버지께서 나를 사랑하신 것처럼 나도 너희를 사랑해왔다. 그러니 너희는 언제나 내 사랑 안에 머물러 있어라"(요한 15 : 9) 하고 말씀하십니다.

예수님은 참으로 한없는 사랑으로 우리를 사랑하십니다. 아버지이신 하느님이 당신을 사랑하신 그 사랑으로 우리를 사랑하신다고 하십니다. 하느님은 사랑 자체이십니다. 하느님은 완전하고 절대적인 사랑으로 당신의 모든 것을, 당신의 생명, 당신의 영광 그 모든 것을 아낌없이 주시는 사랑으로 당신 성자 그리스도를 사랑하십니다. 예수님은 이 같은 사랑으로 우리를 사랑하십니다.

우리에 대한 예수님의 사랑이 얼마나 큰지는 십자가가 잘 말합니다. 예수님은 왜 십자가에 달려 계십니까? 십자가는 본래 극악무도한 대죄인을 죽이는 형틀입니다. 그런데 예수님이 왜 이런 형틀에 달려서 참혹히 죽으셨습니까? 무엇을 잘못했습니까? 예수님은 하느님의 성자이신 분, 하느님과 같이 거룩하신 분이십니다. 이분이 여기 달려 계신 것은 당신에게 잘못이 있어서는 물론 아닙니다. 그것은 우리 때문입니다. 그분은 우리를 구하기 위하여 우리 모두의 죄를, 나의 죄, 너의 죄, 모두의 죄를 대신 지시고 당신 자신을 속죄의 제물로 바치셨습니다.

왜 그렇게 하셨습니까? 우리가 이런 사랑을 받을 자격이 있습니까? 우리가 무엇이 잘났습니까? 무슨 덕을 세운 것이 있습니까? 아닙니다. 우리는 아무런 자격도 없습니다. 예수님이 우리를 사랑하신 것은 그분이 사랑 자체이신 하느님의 아들로서 우리 죄와 우리의 부족, 우리의 못남에도 불구하고 우리를 사랑하시기 때문입니다.

우리는 참으로 우리에 대한 주님의 이 절대적인 사랑, 우리 인간의 머리로는 도저히 이해할 수 없을 만큼 큰 사랑을 깊이 깨달아야 합니다. 믿음이라는 것은 무엇입니까? 바로 나에 대한 하느님과 주님의 이 절대적인 사랑, 조건 없는 사랑을 믿는 것입니다. 우리는 나라는 존재, 이렇게 부족한 나, 이렇게 변덕스러운 나, 이렇게 죄 많은 나, 이런 나를 주님은 개의치 않으시고 언제나 어디서나, 나의 불신, 나의 배은망덕에도 불구하고, 내가 당신을 잊고 있을 때도 변함없이 사랑하신다는 것을 깊이 깨닫고 믿어야 합니다. 우리에게 이 믿음이 있을 때, 이 깨달음이 있을 때, 우리는 나도 남을 사랑할 줄 알아야 한다는 깨달음에 이를 수 있습니다.

예수님은 오늘 복음에서 이어서 이렇게 말씀하십니다. "내가 너희를 사랑한 것처럼 너희도 서로 사랑하여라. 이것이 나의 계명이다." 참으로 좋은 말씀입니다. 그런데 우리는 여전히 사랑하기가 힘듭니다.

ME에서 '사랑은 결심이다' 라는 말이 있습니다. '사랑은 결코 기분이 내키는 대로 내맡겨서 되는 일이 아니라 사랑은 사랑하겠다는 결심을 세우고 이 결심대로 어떤 처지에서든지 성할 때나 병들었을 때나, 기쁠 때나 슬플 때나 언제나 사랑하는 노력을 할 때 가능하다', 이런 뜻입니다.

저는 여러분 모두 오늘 먼저 우리에 대한 주님의 사랑이 얼마나 큰지를 깊이 깨닫고 그 사랑을 주님 말씀대로 본받고 살겠다는 결심을 세우시고 언제나 노력하는 간호사들이 되시어 그리스도의 사랑을 모든 병자에게, 동시에 만나는 모든 이에게 증거하는 분들이 되시기를 빕니다.

전국간호사협회 15주년 기념 미사, 강남 마리아홀, 1994. 5. 28

어려운 형제에게 더 따뜻한 진료를

사랑이라는 것은 아주 좋은 것입니다. 게다가 사랑은 산소와 같은 것입니다. 산소가 없으면 죽듯이, 사랑이 없으면 우리는 살 수 없습니다. 가정에 사랑이 없다면 그 가정은 얼마나 불행합니까? 지옥이지요.

이렇게 좋은 것이 사랑이요, 우리는 모두 사랑받기를 원합니다. 그런데 남을 사랑하는 것은 쉽지 않습니다. 저부터 오늘도 그렇지만 매일같이 사랑을 말하다시피 하는데 실제로는 참으로 사랑을 실천하며 사는지 의문입니다. 이대로 죽으면 하느님의 심판 역시 '사랑했느냐, 아니냐' 로 판결 나는데서는 도지히 스스로의 힘으로는 무죄 선언을 받을 수가 없습니다. 오직 하느님의 자비만을 믿을 수밖에 없습니다.

사랑하기 위해서 우리에게 필요한 것은 내가 얼마나 하느님으로부터 사랑을 받고 있는지를 깨닫는 것입니다.

하느님은 사랑 자체이시고 우리를 사랑에서 창조하시고 사랑으로 구원하십니다. 우리에 대한 하느님의 사랑이 얼마나 크십니까? 그 답은 〈요한복음〉 17장 26절 "아버지께서 나를 사랑하신 그 사랑이 그들 안에 있고, 나도 그들 안에 있게 하려는 것입니다"라는 말씀에 있습니다.

이 말씀을 잘 새겨들으면 하느님 아버지는 당신 아들 예수를 사랑하신 그 같은 사랑으로 우리를 사랑하십니다. 우리에 대한 사랑은 절대적이요, 조건이 없습니다.

하느님의 제일 큰 관심사는 우리 인간입니다. 하느님이 제일 사랑하시는 것은 우리 인간입니다. 우리가 참된 인간이 되고 구원이 되어 영원히 사는 것, 이것이 하느님이 가장 원하시는 것입니다. 이것을 위해서 그분은 하늘과 땅, 우주를 창조하셨고 우리 인간을 세상에 창조하셨습니다. 그래서 인간이 죄를 짓고 당신을 떠났을 때도 그를 버리지 못하시고, 하느님은 우리를 구하시기 위하여 모든 것을 버리셨습니다.

"하느님은 이 세상을 극진히 사랑하셔서 외아들을 보내주시어 그를 믿는 사람은 누구든지 멸망하지 않고 영원한 생명을 얻게 하여주셨다."(요한 3 : 16)

외아들 예수 역시 같은 사랑에서 당신을 비우시고 낮추시어 사람이 되어 오시고 십자가에서 보듯이 우리를 위하여 죽기까지 하셨습니다.

주님은 나를 죽기까지 사랑하십니다. 내가 무슨 자격이 있습니까? 없습니다. 이유는 오직 하느님은 사랑이시기 때문입니다.

성모자애병원 40주년 기념 미사, 부천, 1995. 6. 1

사랑을 실천하신 분들

마더 테레사 수녀님이 쓰신 책 《작은 몸짓으로 사랑을(*No Greater Love*)》을 보면 이런 말씀이 있습니다. "예수님께서는 단 한 가지 목적 때문에 이 세상에 오셨습니다. 하느님께서 우리를 사랑하시고 하느님은 사랑이시며 우리를 사랑하신다는 기쁜 소식을 주시려고 오셨습니다."

예수님은 '하느님은 사랑이시며 우리를 사랑하신다는 기쁜 소식을 주시려고 오셨다', 우리는 이 말씀에 유의해야 합니다. 우리가 남을 사랑하기 위해서는 먼저 내가 얼마나 사랑받고 있는지, 즉 하느님은 나를 한없이 사랑하신다는 것을 깊이 깨달아야 합니다. 테레사 수녀님은 이 점을 다음과 같이 말씀하십니다.

"하느님의 눈에 우리는 큰 가치가 있습니다. 하느님께서 우리를 사랑하신다는 것을 몇 번이고 반복해서 말해도 나는 싫증나지 않습니다." 그녀는 하느님이 자기를 사랑하신다는 것을 항상 느끼고 사신 것 같습니다.

하느님이 나를 사랑하신다는 의식은 사실 그녀의 삶의 원천이요, 활동의 힘이었을 것입니다. 하느님께서 나를 부드럽게 사랑하신다는 것은 정말 근사한 일입니다. 그 때문에 우리는 용기와 기쁨 그리고 그 어떤 것도 우리를 하느님의 사랑에서 떼어놓을 수 없다는 확신을 가져야 합니다.

〈로마서〉 8장을 보면 사도 바오로가 같은 말씀을 하십니다. 8장 31~39절에서 사도 바오로는 참으로 감동적으로 우리에 대한 하느님의 사랑이 얼마나 큰지를 역설하면서 "누구도 우리를 그리스도를 통하여 드러나는 하느님의 사랑에서 떼어놓을 수 없습니다"라고 하였습니다. 신앙이란 바로 우리에 대한 하느님의 사랑, 절대적이고 조건 없는 사랑을 믿는 것입니다.

우리가 우리에 대한 하느님의 사랑을 깊이 깨닫고 이를 확고히 믿을 때 우리는 자연히 남을 사랑할 수 있게 될 것입니다. '하느님이 나를 용서하시고 사랑하시는데 내가 누구라고 남을 용서하지 않을 수 있느냐, 이웃을 사랑하지 않을 수 있느냐' 라는 반성을 하게 될 것입니다.

이제 예수님은 이렇게 우리를 사랑하신 후에 다음과 같이

말씀하십니다. “내가 너희를 사랑한 것처럼 너희도 서로 사랑하여라.”(요한 13 : 15)

테레사 수녀님도 여기에 대하여 다음과 같이 말씀하십니다. “‘내가 너희를 사랑하듯 너희도 서로 사랑하여라’는 예수님의 말씀이 있습니다. 이 말씀은 단지 우리에게 빛이 될 뿐만 아니라 거룩함으로 나아가는 성장을 막는 이기심을 태워버리는 불꽃이 되어야 합니다. 예수님께서는 ‘우리를 끝까지 사랑하시어’ 사랑의 한계인 십자가까지 사랑하셨습니다. 이러한 사랑은 마음에서부터 우리와 예수님의 일치로부터 나와야 합니다.”

결론적으로 인간에게 제일 중요하고 본질적인 것은 사랑하는 것입니다. 하느님을 사랑하고 인간을 사랑하는 것입니다. 구체적으로 여기 병원에서는 그리스도의 마음으로 환자를 대하고 사랑하는 것이 가장 소중하고 가장 좋은 치유입니다. 병자를 위해서만이 아니고 나 자신을 위해서 우리 자신을 위해서도 그러합니다.

특강, 여의도성모병원, 2000. 3. 31

21세기의 사제

독일 복음교회 신학자 위르겐 몰트만(Jürgen Moltmann)은 그리스도에 대해 이렇게 말했습니다.

"불타는 사랑으로 우리를 사랑하시는 그리스도, 박해를 받고 고독하신 그리스도, 하느님의 침묵 속에 고통 받으시는 그리스도는 모든 것을 믿고 의탁할 수 있는 형제이며 친구다. 왜냐하면 그분은 인간에게 닥칠 수 있는 모든 고통을, 또한 그 이상을 이미 다 겪고 알고 계시기 때문이다."

사제는 바로 이 예수님, 이 그리스도의 사제입니다. 그러므로 예수님을 닮아 참사랑으로 자신을 모든 이를 위해 바칠 때, 참사제가 되는 것입니다.

〈변방〉, 성골롬반외방선교회 회지, 1997. 5. 16

사제 성화의 날

안다는 것은 사랑한다는 것과 같은 뜻입니다. 사랑하지 않고 알 수 없습니다. 주님은 누구이시며, 나는 누구입니까? 여기 사마리아 여자는 다섯 남자와 살았고 지금도 남편이 아닌 남자와 동거하고 있다 하였습니다. 참으로 천하고 불행한 여자, 변덕스러운 여자인 것 같습니다.

그런데 이 여자는 바로 '나' 다 하는 생각이 듭니다. 나 역시 이 여자 못지않게 내 마음의 주인을 바꾸었습니다. 즉 내 마음을 그리스도가 주인으로서 차지하신 일은 드물고 그리스도 아닌 세속적 여러 가치가 차지하였습니다. 돈, 계급, 명예 때로는 너무나 고독한 나머지 인간적 위로를 더 찾을 수 있습니다. 결국 남는 것은 위로보다 허무감뿐인 것을 잘 알면서도, 무엇보다 '나라는 자아 이런 것들이 그리스도보다 더

내 마음을 사로잡는 일이 많지 않았나' 생각해보면 참으로 내 마음은 주님을 성실히 모신 일은 아주 드물고 늘 변덕스러웠습니다.

하느님께서 아심은 곧 사랑하심입니다. 하느님은 나를 영원에서부터 사랑하셨습니다. 그리고 이 사랑에서 '나'를 지으셨습니다. 그리고 뽑으셨습니다. 여기서 우리는 하느님은 영원에서부터 지극한 사랑으로 우리를 지으시고 뽑으셨으며, 하늘이 온갖 영적 축복 즉 성령의 은혜를 풍성히 베푸셨다는 것과 그것이 그리스도를 통하여 이루어진 것임을 알게 됩니다.

오늘 우리는 이렇듯이 우리를 사랑하시고 우리를 구하시기 위해 모든 것을 다 주시는 주님 대전에 나와 있는 것입니다. 나를 아시는 하느님, 나를 사랑하시는 하느님, 우리는 여기서 〈시편〉 139편을 자연히 연상하지 않을 수 없습니다. "야훼여 당신께서는 나를 환히 아십니다. 내가 앉아도 아시고 서 있어도 아십니다. …… 당신 생각을 벗어나 어디로 가리이까? 당신 앞을 떠나 어디로 도망치리이까? 하늘에 올라가도 거기에 계시고, 지하에 가서 자리 깔고 누워도 거기에도 계시며, 새벽의 날개 붙잡고 동녘에 가도 바다 끝 서쪽으로 가서 자리를 잡아보아도 거기에서도 당신 손은 나를 인도하시고 그 오른손이 나를 꼭 붙드십니다."(139 : 1~10)

오늘의 우리들에게도 아버지 하느님의 사랑과 당신의 사랑을 실감할 수 있게 하는 길을 찾지 않을 수 없었을 것입니다. 우리를 영원에서부터 아시고 사랑하시는 주님. 주님은 당신의 이 사랑을 우리 한 사람 한 사람이 깨닫게 되기를 원하시는 것이 확실합니다. 그렇다면 그 방법도 생각하셨을 것입니다. 그리하여 남기신 것이 최후의 만찬에서 당신이 사랑하는 제자들을 위해서 남기신 성체성사입니다.

사제 성화의 날, 국군중앙성당, 1999. 6. 11

예수님과 함께 살려면

사랑하는 사람들은 서로 닮습니다. 예수님은 우리를 사랑하시기에 먼저 우리를 닮아 사람이 되어 오셨습니다. 죄를 빼놓고는 모든 점에서 우리와 같아지셨습니다. 사도 요한의 말대로 예수님을 통해서 하느님이 먼저 우리를 그렇게 사랑하셨습니다.

그러니 우리도 그 사랑에 사랑으로 답합시다. 사랑하면 우리가 예수님을 닮게 됩니다. 예수님을 닮고, 예수님과 함께 살고, 그분 안에 있고, 그분의 생명으로 내가 살면 나는 예수님을 이웃에 전달할 수 있습니다. 그분의 사랑을 줄 수 있습니다. 또 그 사랑으로 우리도 그분처럼 자신을 위해서가 아니라 온전히 남을 위해, 형제를 위해 봉사할 수 있습니다.

부제서품식, 1979. 3. 4

✤ 김수환(스테파노) 추기경 연보

1922년 5월 8일(음력) 대구 출생

1933년 유스띠노 신학예비과 입학(대구)

1941년 3월 서울 동성상업학교 졸업

1941년 4월 일본 동경 상지대학교 입학

1942년 9월 일본 동경 상지대학교 문학부 철학과 진학

1944년 1월 제2차 세계대전으로 인하여 학업 중단

1947년 9월~1951년 6월 서울 가톨릭대학 신학부에서 신학 전공

1951년 9월 15일 사제 서품

1951년 9월 대구 대교구 안동읍 목성동천주교회 주임신부

1953년 4월 대구 대주교 비서 신부

1955년 6월~1956년 7월 대구 대교구 김천시 황금동천주교회 주임신부
경상북도 김천시 성의중고등학교장 겸임

1956년 10월~1963년 11월 독일연방공화국 뮌스터대학교 대학원에서
사회학 전공

1964년 6월~1966년 5월 주간 가톨릭시보 사장

1966년 2월 15일 마산 주교 서임
5월 31일 주교 서품, 마산 교구장 착좌

1968년 4월 9일 서울 대주교 승품
5월 29일 서울 대교구장 착좌

1969년 4월 28일 교황 바오로 6세에 의하여 추기경 서임

1970년 10월~1975년 2월 한국 천주교 주교회의 의장(1차 역임)

1970년~1973년 아시아 천주교 주교회의 구성 준비 위원장

1975년 6월 이탈리아 산 펠리체 명의 추기경

1981년 5월~1987년 11월 한국 천주교 주교회의 의장(2차 역임)

1971년, 74년, 83년, 85년, 87년 교황청 시노두스(세계주교회의) 한국 대표
로 참석

1975년~1998년 평양교구장 서리 겸임

1984년 5월 6일 파리외방선교회 명예 회원으로 위촉

1997년 11월 민족화해 주교특별위원회 위원장

1998년 4월 19일~5월 14일 교황청 시노두스(아시아주교회의) 공동 의장 역임

1998년 6월 29일 서울대교구장 및 평양교구장 서리 퇴임

1999년 4월 29일 자녀 안심하고 학교 보내기 국민재단 이사장 취임

2002년 북방 선교 투신 사제 양성을 위한 '옹기장학회' 공동 설립

2003년 1월 생명21운동 홍보대사

2009년 2월 16일 선종(향년 87세)

명예박사학위

1974년 2월 23일 서강대학교 명예문학박사

1977년 5월 22일 미국 노틀담대학교 명예법학박사

1988년 11월 일본 상지학교 명예신학박사

1990년 5월 고려대학교 명예철학박사

1990년 10월 미국 시튼홀대학교 명예법학박사

1994년 5월 14일 연세대학교 명예신학박사

1995년 6월 14일 타이완 푸런가톨릭대학교 명예철학박사

1997년 7월 30일 필리핀 아테네오대학교 명예인문학박사

1999년 10월 29일 서울대학교 명예철학박사

상훈

1970년 국민훈장 무궁화장

2000년 5월 23일 제13회 심산상(心山賞)

2000년 11월 28일 제2회 인제인성대상

2001년 1월 29일 독일 대십자공로훈장

2002년 칠레 베르나르도오히긴스 대십자훈장